KB060219

청소년 삼국지 3
피로 물든 적벽

청소년 삼국지

3

피로 물든 적벽

나관중 지음
권정현 엮음

자음과모음

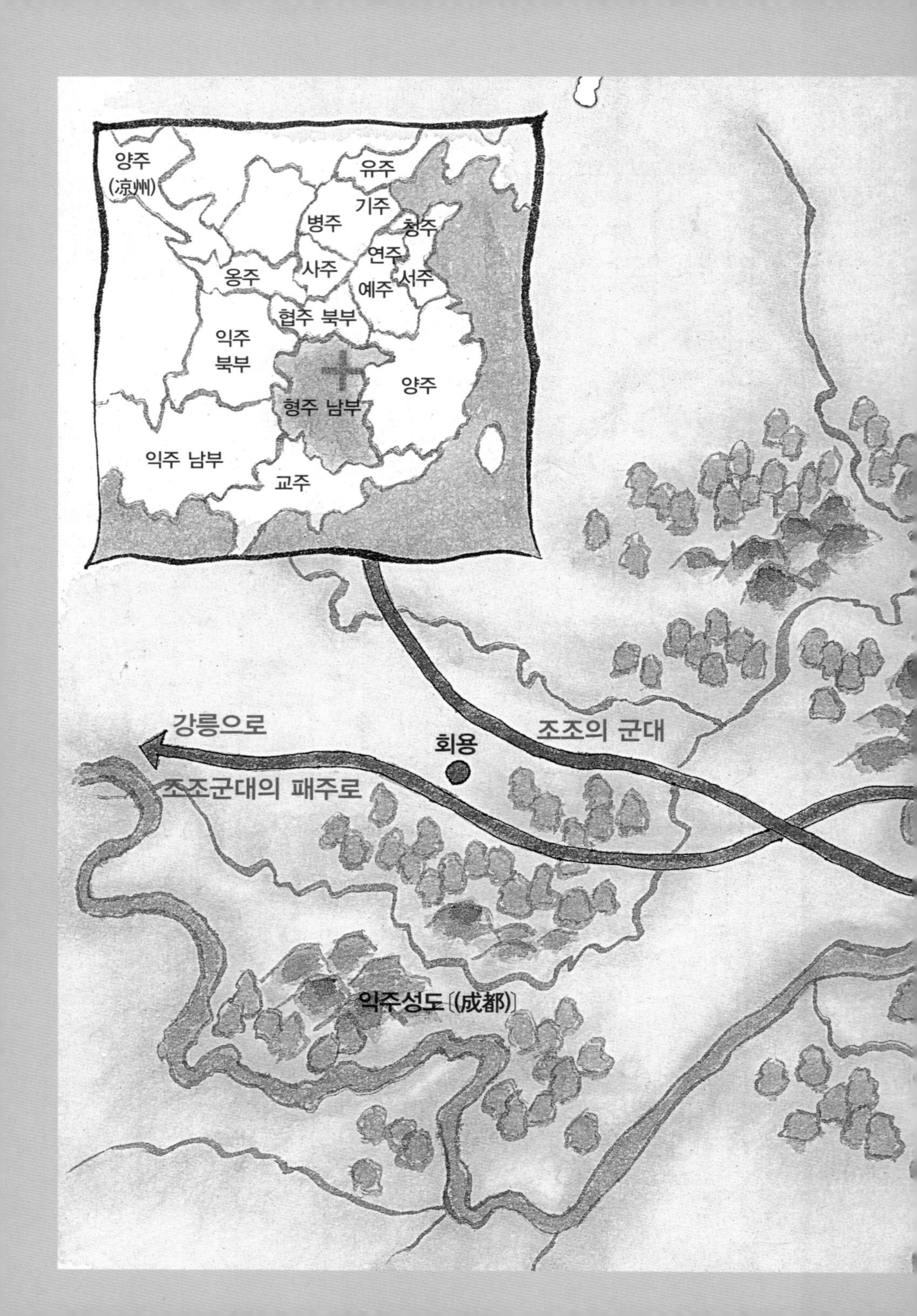
양주
(凉州)
유주
기주
병주
청주
연주
옹주
사주
서주
예주
협주 북부
익주
북부
양주
형주 남부
익주 남부
교주
강릉으로
회용
조조의 군대
조조군대의 패주로
익주성도〔(成都)〕

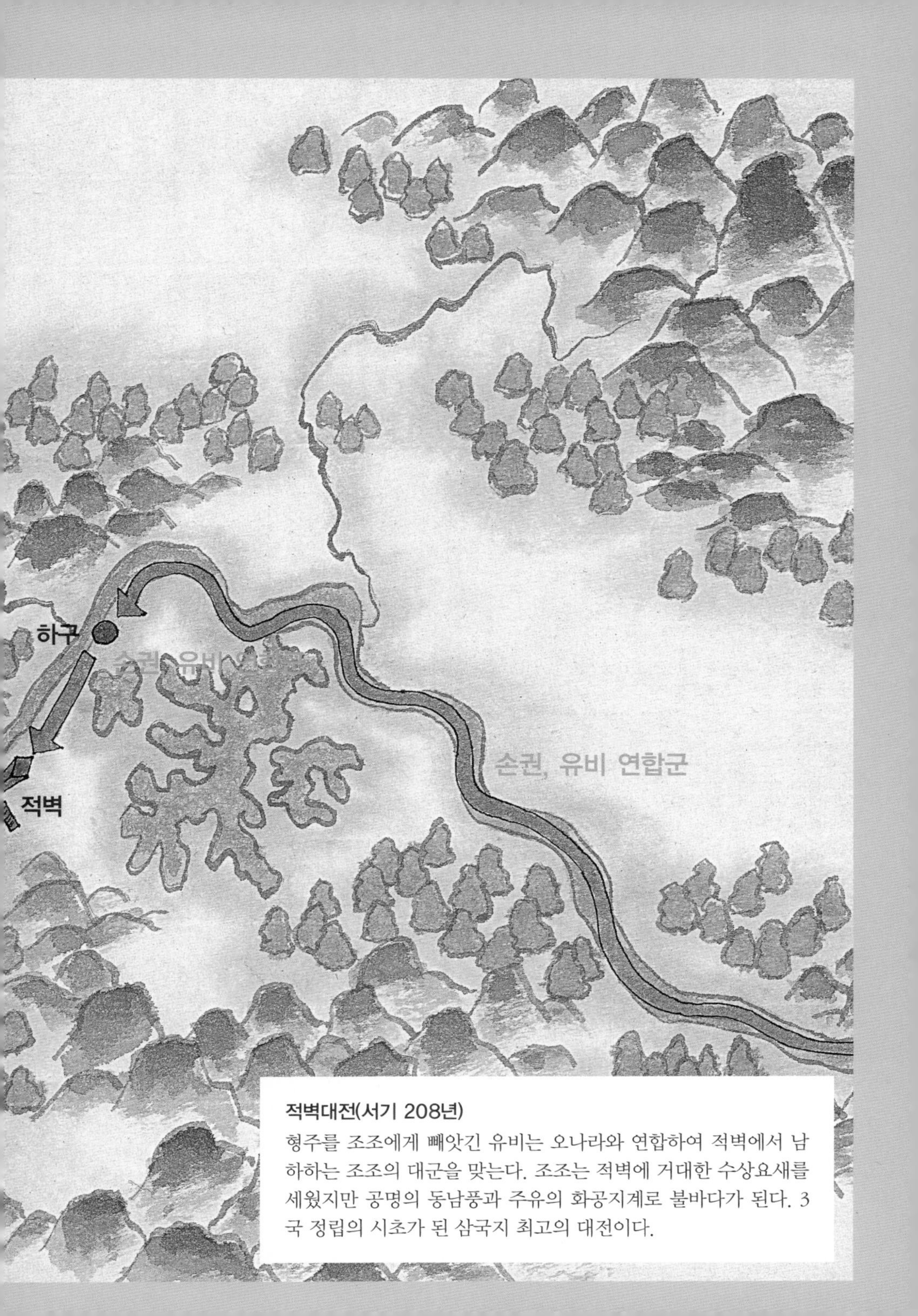

적벽대전(서기 208년)

형주를 조조에게 빼앗긴 유비는 오나라와 연합하여 적벽에서 남하하는 조조의 대군을 맞는다. 조조는 적벽에 거대한 수상요새를 세웠지만 공명의 동남풍과 주유의 화공지계로 불바다가 된다. 3국 정립의 시초가 된 삼국지 최고의 대전이다.

머리말

청소년 삼국지를 펴내며

삼국지의 배경은 지금으로부터 약 1800년 전인 중국 한나라 말기다. 당시는 정치적으로 매우 어지러운 시기였다. 황제인 영제는 충신들을 멀리하고 내시들을 가까이 두었다. 그로 인해 나라는 급속히 혼란에 빠졌다. 황궁이 있는 낙양은 물론이고 시골에 이르기까지 백성들의 원성이 하늘을 찔렀다.

나라가 살기 어려워지자 곳곳에 도적이 창궐했다. 관리는 세금으로 백성들의 물건을 빼앗았고 도적은 강제로 백성들의 물건을 빼앗았다. 도적은 백성을 습격하고 집을 잃은 백성은 다시 도적이 되는 악순환이 계속되었다. 도적들이 늘면서 제법 큰 규모를 갖춘 무리가 하나 둘씩 생겨났다. 그중에서 장각의 무리가 가장 강했다. 장각은 부하들에게 누런 두건을 쓰게 하고 약탈을 일삼았다. 삼국시대의 첫 장을 여는 '황건적의 난'은 이렇게 탄생하였다.

여기서 우리가 눈여겨볼 점은 황건적을 토벌하기 위해 전국 각지에서 일어선 제후들이다. 그들은 군사를 일으켜 황건적을 토벌했지만 그 뒤, 서로가 서로를 죽이는 처절한 전쟁을 벌이게 된다. 권력을 잡기 위해 발버둥치는 인간 군상들의 모습은 오늘날 현대를 살아가는 우리들에게도 좋은 본보기가 되고 있다.

삼국지는 등장인물이 수백 명에 이르는 대하소설이다. 인물들이 맡고 있는 역할도 매우 흥미롭다. 관우와 장비처럼 뛰어난 무예로 적을 제압하는 장수가 있는가 하면 공명이나 순욱처럼 지략으로 전장에서 적을 압도하는 참모들도 있다. 죽음으로써 의리를 지키는 충신이 있고 비겁하게 목숨을 구걸하는 장수도 있다. 자신의 이익을 챙기는 대신이 있고 백성을 먼저 생각하는 의로운 관리들도 있다. 삼국지는 바로 우리 인생의 축소판, 그 자체인 것이다.

삼국지가 오래도록 많은 사랑을 받아왔지만 상대적으로 청소년들이 읽을 수 있는 삼국지를 고르기란 쉽지 않은 일이었다. 삼국지는 그 양이 엄청나게 방대할 뿐만 아니라, 청소년들이 이해할 수 없는 표현이나 부적절한 상황 묘사도 많다. 따라서 이번에 새롭게 펴내게 된 《청소년 삼국지》는 청소년들의 눈높이에 맞춰 쓴 가장 이상적인 삼국지라고 할 수 있겠다.

《청소년 삼국지》의 가장 큰 특징은 교육적인 측면을 잘 활용한 점이다. 중요한 사건이나 전투, 고사성어가 등장하는 장면을 부록으로 엮어 본문의 해당 장을 명기하고 유기적으로 읽을 수 있도록 하였다. 따라서 일상생활에서 익숙하게 들었던 고사성어의 현장을 직접 눈으로 확인하며 소설을 읽는 재미가 쏠쏠하다.

《청소년 삼국지》의 두 번째 특징은 전체 단락을 크게 100개로 세분화하여 청소년들이 쉽게 접근할 수 있도록 구성을 안배한 점이다. 기존의 삼국지는 때에 따라 줄거리가 산만하게 펼쳐지고 등장인물과 사건이 복잡하게 얽혀 내용이 머리에 쉽게 들어오지 않는 단점이 있었다. 《청소년 삼국지》는 역사적 사실을 중심으로 객관적인 시각에서 삼국지 전체를 일목요연하게 조망할 수 있도록 하였다.

세 번째 특징은 남녀 누구나 재미있게 읽을 수 있다는 점이다. 삼국지는 그 동안 남자들의 전유물로만 인식되어 온 게 사실이다. 그러나 삼국지 속에는 여러 여성들이 등장하고 그들의 활약이 전체적인 흐름을 바꾸어 놓을 때도 있다. 《청소년 삼국지》는 남성 등장인물들의 굳고 강인한 이미지와 여성 등장인물의 섬세함이 한데 어우러져 전체 이야기를 구성한다. 또한 교훈적이고 주입적인 메시지에서 탈피하여 인물의 인간적인 면을 강조하였다.

예부터 '삼국지를 읽지 않은 사람과는 삶을 논하지 말라'는 말이 있다. 삼국지는 평생에 걸쳐 읽어야 하는 우리 모두의 필독서다. 삼국지를 읽은 사람과 읽지 않은 사람 사이에는 큰 차이가 난다. 삼국지를 읽고 나면 우선 자신도 모르게 세계관이 넓어져 있음을 알 수 있다. 꿈을 갖지 못했던 사람은 왜 꿈을 가져야 하는지 알게 되고 우정의 소중함도 알 수 있게 된다. 또한 매사에 지혜롭게 대처할 수 있게 된다. 어떤 행동이 자신에게 현명함을 가져다 줄 것인지, 어떻게 하는 일이 많은 사람을 이롭게 하는 일인지 먼저 생각하고 행동하게 된다. 타인에 대하여 너그러움을 갖게 되기도 하고 현재의 삶에 감사하는 마음을 품게 된다. 삼국지에는 부모와 자식, 형제들과의 관계, 나라를 사랑하는 마음, 친구와의 우정 등 우리가 일상에서 겪을 수 있는 대부분의 사건이 등장한다. 뿐만 아니라 우리에게 어려움이 닥쳤을 때 그것을 극복할 수 있는 지혜를 선사한다.

이제, 가만히 귀를 기울이고 역사 저편에서 들려오는 힘찬 말발굽 소리를 들어보자. 청소년 여러분이 일찍이 경험하지 못한 세계 속으로 안내할 것이다.

3권 주요 등장인물

제갈공명

자는 공명이며 이름은 제갈량. 낭사군 출신으로 전한의 사례교위였던 제갈풍의 자손이다. 유비는 세 번이나 공명을 찾아가고, 공명은 천하삼분의 법칙을 역설하며 그를 따라 나섰다. 5차 북벌 때 오장원에서 54세의 나이로 죽었다.

조자룡

상산 출신으로 이름은 조운, 자는 자룡이다. 처음에는 원소의 부하였으나 원소가 군주로서 품행이 바르지 못하자 공손찬을 찾아간다. 이후 공손찬이 원소에게 패해 죽자 조자룡은 홀로 천하를 떠돈다. 그러다가 우연히 망탕산 인근에서 유비와 만난다. 공명이 1차 북벌을 감행할 때 몸소 선봉이 되기를 간청하여 활약했다. 2차 북벌을 앞두고 병으로 죽었다.

장요

화살을 잘 쏘았던 조조의 맹장. 무예 실력과 함께 학식을 갖춘 지혜로운 장수였다. 처음에는 여포의 부하였으나 사로잡혀 조조에게 귀의한다. 관우가 궁지에 몰렸을 때 토산으로 관우를 찾아와 항복할 것을 권유한다. 말년에는 조비가 오나라를 공격할 때 따라나섰으나 정봉이 쏜 화살에 맞아 죽었다.

방통

양양 출신으로 공명과 더불어 와룡, 봉추로 불리던 천하의 지략가. 적벽 대전 직전 조조군 진영으로 넘어가 배를 쇠사슬로 묶는 연환계를 건의했다. 유비가 촉을 공격할 때 군사가 되어 함께 종군한다. 그 뒤 낙성을 공격하다가 화살 공격을 받아 36세의 나이로 죽었다.

손권

손견의 둘째 아들로 형 손책이 죽자 19세의 어린 나이에 그 뒤를 이었다. 주유, 노숙, 장소, 장굉, 제갈근 등의 인재를 거느리고 강남에서 입지를 다져나갔다. 208년 유표가 죽고 조조가 형주로 밀려 내려오자 유비와 힘을 합쳐 적벽에서 조조의 100만 대군을 무찔렀다. 252년 71세의 나이로 죽었다.

공손찬

공손찬은 어릴 때 유비와 함께 노식 밑에서 글을 배운 친구였다. 유비를 여러 차례 조정에 천거하여 벼슬을 받게 하였으며 원소와 싸울 때 유비로 인해 목숨을 구원받았다. 이후 원소와 원수가 되어 치고받는 공방전을 계속하다가 199년, 원소의 침략을 받고 싸우다가 자결하였다.

차례

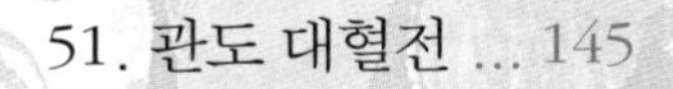

41. 여포의 쓸쓸한 죽음

유비가 도망치자 서주성 안에 있던 진규 부자는 한 가지 계략을 꾸몄다. 밤이 깊었을 때 진등은 몰래 성을 빠져나가 소패로 달려갔다.

"큰일났습니다. 조조군이 서주로 몰아닥쳐 성이 함락될 위기에 처했습니다."

소패는 여포의 부하 진궁과 장패가 지키고 있었다. 깜짝 놀란 진궁은 군사를 반으로 나누어 서주성을 돕게 했다. 장패가 군사를 몰고 떠나자 진등은 그들을 앞질러 서주로 돌아왔다.

"조조군이 소패를 포위했습니다. 도와주십시오."

진등의 말을 듣자 여포는 눈앞이 캄캄해졌다.

"이런 쥐새끼 같은 놈들!"

여포는 군사를 반으로 나누어 급히 소패성으로 출발했다. 한 치 앞도 구분할 수 없을 정도로 어두운 밤이었다. 여포군과 서주를 구원하기 위해 달려오던 장패군은 중간에서 정면으로 만났다.

"앗, 조조군이다!"

상대를 조조군으로 오해한 양쪽 군사는 서로 뒤엉켜 칼을 휘둘렀다. 주인 잃은 말이 제멋대로 뛰어 다니고 비명이 밤하늘을 진동했다. 그들의 싸움은 날이 희미하게 밝을 무렵 끝났다.

"앗, 여포 장군님이시다!"

"우리 편 군사들이다!"

여포군은 서로를 알아보고 크게 놀랐다.

"아아, 내가 진등 부자에게 속았구나."

여포는 피눈물을 흘리며 몸을 떨었다. 그때 조인이 이끄는 조조군의 선봉이 밤새 싸움으로 늘어진 여포군을 덮쳤다.

"와아!"

조조군은 함성을 지르며 지친 여포군을 짓밟았다.

"성으로 돌아가라!"

여포와 장패가 부하들에게 소리쳤다. 성을 굳게 지키며 조조군과 싸울 생각이었다. 여포는 수천 명의 부하를 수습하여 서주성으로 도망쳤다. 그러나 서주성에 도착한 여포는 뜻밖의 장면을 목격했다. 성문 위에 나부끼고 있어야 할 장군기가 보이지 않았던 것이다.

"이놈들아! 뭘 보고 있느냐? 어서 성문을 열어라!"

다급해진 여포가 소리쳤다.

그때 성루 위에 진등과 진규 부자가 모습을 드러냈다.

"우린 도적놈에게 성문을 열어 줄 수 없다."

진규가 여포를 가리키며 소리쳤다.

"네놈들이 미친 모양이구나. 어서 성문을 열어라. 난 여포다!"

진등이 비웃었다.

"이 성은 돌아가신 도겸 태수께서 유비 공에게 물려주신 성이다. 네게서 성을 다시 빼앗아 원래 주인에게 돌려주려는 것이니 우리를 원망하지 마라."

말을 마친 진등이 손을 번쩍 쳐들었다. 성루에 있던 군사들이 여포를 향해 일제히 화살을 날렸다.

"이런, 쳐죽일 놈들! 언젠가 네놈 부자의 간을 꺼내 씹으리라!"

여포는 남은 군사를 수습하여 하비성으로 줄행랑을 놓았다. 그러나 하비성으로 가는 길은 쉽지 않았다. 겨우 조조군을 따돌렸을 무렵 함성이 일며 한 떼의 군사가 나타났다.

"저건 웬 잡놈들이냐!"

수백 명이 될까 말까한 도적 무리가 여포를 가로막았다.

"여포야, 여기 장비가 있다."

고리눈에 고슴도치 수염을 한 장수가 창을 휘두르며 여포에게 달려들었다. 장비를 보자 여포는 당황했다.

"장비는 제게 맡기고 피하십시오."

고순이 창을 들고 장비에게 대들었다. 고순의 창과 장비의 장팔사모가 굉음을 내며 부딪쳤다. 고순이 장비를 막는 사이 여포는 적토마에 채찍을 가해 숲길로 도망쳤다. 그렇게 얼마쯤 갔을 때였다. 또다시 함성이 일며 한 떼의 군사가 여포를 가로막았다.

"여포는 어디를 가느냐!"

눈을 매섭게 부릅뜬 장수가 수염을 휘날리며 여포를 가로막았다.

"헉!"

여포는 자신도 모르게 몸을 움츠렸다. 청룡도가 바람을 가르며 날아왔기 때문이다. 여포는 화극을 들어 간신히 관우의 칼을 쳐냈다. 두 장수는 함께 어우러져 백여 차례나 치고 받았다.

"안 되겠다. 승부는 다음에 내도록 하자."

여포가 말머리를 돌려 달아나기 시작했다. 관우가 탄 말은 여포의 적토마를 따라잡지 못했다. 장비와 관우를 따돌린 여포는 간신히 목숨을 건져 하비성으로 숨어들었다.

관우와 장비는 남은 군사를 이끌고 조조군에 합류했다. 다음 날 산 속에 피신해 있던 미방과 미축이 유비 가족이 탄 수레를 끌고 나타났다. 진규과 진등 부자도 달려와 유비를 위로했다.

"죽지 않고 살아 있었구나……."

관우와 장비를 보자 유비는 눈물을 흘리며 기뻐했다.

"이제 여포를 사로잡는 일만 남았군."

조조는 대군을 몰아 여포를 뒤쫓았다. 하비성으로 들어간 여포는 성을 굳게 닫고 밖으로 나오지 않았다.

"모두 정신을 바짝 차려라! 하비성은 절대로 무너지지 않는다."

여포는 군사들을 성 곳곳에 배치하고 싸울 준비를 갖추었다. 하비성은 강으로 둘러싸인 천혜의 요새였다. 조조가 이끄는 대군은 다리를 만들어 강을 건너고 사다리를 이용해 성을 기어올랐다.

"와아!"

조조군의 사기는 하늘을 찔렀다. 그러나 여포의 저항도 만만치 않았다. 10만이 넘는 조조의 대군은 많은 희생자만 낸 채 군사를 뒤로 물렸다.

별다른 싸움 없이 두 달이 지나갔다. 날씨가 추워지더니 눈이 내렸다. 벌판에 진을 친 조조군은 말과 병사들이 수시로 얼어죽었다. 그래도 조조는 포위를 풀지 않았다.

그러나 싸움은 뜻하지 않은 일로 끝이 났다.

여포의 부하 장수 중에 후성이라는 자가 있었다. 어느 날 후성의 부하 하나가 말 10여 마리를 훔쳐 달아나다가 군사들에게 붙잡혔다. 사로잡힌 군사는 말을 훔쳐 조조에게 항복할 생각이었다. 부하들이 공을 세우자 후성은 술 한 통을 상으로 내려주었다.

후성이 부하들과 함께 술을 마시고 있을 무렵이었다. 마침 그곳을 지나가던 여포가 그 장면을 보게 되었다.

여포는 다짜고짜 고함을 질렀다.

"적군이 성을 포위하고 있는 마당에 술잔치를 벌이다니, 이놈들을 끌어내어 당장 목을 베어라!"

후성이 땅에 엎드려 용서를 빌었다.

"부하가 공을 세워 잠시 상을 내린 것뿐입니다. 노여움을 푸십시오."

송헌, 위속 등 다른 장수들도 후성의 죄를 용서해달라고 빌었다.

"여러 장수들이 간청하니 목숨만은 살려둔다. 대신에 곤장 백 대를 때려라!"

후성은 밖으로 끌려나가 부하들이 보는 앞에서 매를 맞았다. 옷이 피로 물들고 살갗이 허옇게 드러났다. 백 대를 다 맞고 난 후성은 그 자리에서 기절했다.

밤이 깊어가자 송헌과 위속이 후성을 찾아왔다. 그들 셋은 나이가 비슷하여 평소에도 친하게 지내는 사이였다.

"몸은 좀 어떤가?"

위속이 막 정신을 차린 후성에게 물었다. 후성은 눈물을 주르륵 흘렸다.

"우리가 누굴 믿고 지금껏 싸웠는가? 장수가 부하들 목숨을 파리 목숨처럼 여기니 참으로 큰일이네."

송헌이 눈을 빛내며 말했다.

"언젠가 성이 조조군에게 함락될 것이네. 차라리 그 전에 성을 떠나는 게 어떤가?"

위속이 말을 받았다.

"우리만 살겠다고 도망가는 것도 장수의 도리가 아니네. 차라리 여포를 사로잡아 조조에게 주고 죄 없는 부하들의 목숨을 구하세."

"좋소이다. 당장 시행합시다."

세 사람은 은밀히 계획을 짠 뒤 각자의 진영으로 헤어졌다.

며칠 뒤 후성은 여포의 마구간으로 들어가 적토마를 훔쳤다. 후성은 적토마에 올라타고 동문으로 달려갔다. 동문을 지키던 위속은 후성를 쫓는 척하며 밖으로 내보냈다. 후성은 그대로 조조를 찾아가 적토마를 바쳤다.

조조는 말을 더듬으며 소리쳤다.

"무엇이, 저, 적토마를 가져왔단 말이냐?"

후성이 주먹을 불끈 쥐고 간청했다.

"지금 즉시 여포를 공격하십시오. 안에서 다른 장수들이 성문을 열 것입니다."

조조는 기뻐서 어쩔 줄 몰랐다.

"음, 이제 여포도 끝장이구나."

조조는 즉시 전 군에 공격 명령을 내렸다. 잠에 빠져 있던 여포는 방천화극을 집어들고 재빨리 몸을 일으켰다.

"여봐라, 어서 적토마를 끌고 오너라!"

여포가 급히 부하에게 명령했다.

"적토마가 없어졌습니다."

마구간을 지키던 군졸이 덜덜 떨며 보고했다.

"그게 무슨 말이냐? 말에 날개가 달리기라도 했단 말이냐?"

여포는 화가 치밀어 마구 고함을 질렀다.

여포는 다른 말을 타고 성루로 달려갔다. 희미하게 날이 밝아오는 가운데 조조군이 개미처럼 성벽을 기어오르고 있었다.

"쳐라! 찔러라!"

여포는 성난 범처럼 으르렁거리며 부하들에게 명령했다. 조조군은 계속해서 성을 기어올라 왔다. 처절한 싸움은 오전 내내 계속되었다. 성벽은 조조군이 흘린 피로 붉게 물들었다. 점심 무렵, 조조는 시체를 버려둔 채 군사를 뒤로 물렸다.

조조군이 물러가자 여포는 그제야 숨을 돌렸다. 해가 떠오르자 살며시 졸음이 몰려왔다. 여포는 자신도 모르게 깊은 잠속으로 빠져들었다. 그때 여포를 향해 살금살금 기어가는 장수가 있었다. 그는 바로 송헌이었다. 송헌은 재빨리 여포의 방천화극을 감추었다. 위속이 달려들어 잠든 여포의 몸을 꽁꽁 묶었다.

"여포를 사로잡았다!"

위속이 성문 밖을 향해 백기를 흔들었다. 뒤로 물러갔던 조조군이 함성을 지르며 성을 뛰어 넘어왔다.

"이놈들아!"

여포는 고래고래 소리를 질렀다. 그러나 이미 때가 늦은 뒤였다. 여포가 잡히자 군사들은 싸울 기력을 잃고 사방으로 흩어졌다.

성문이 열리고 조조군이 밀어닥쳤다. 장요는 서문으로 달아나다가 조조군에게 사로잡혔다. 필사적으로 저항하던 진궁 또한 서황에게 사로잡히고 말았다. 천 명 이상의 여포군이 조조군에게 사로잡혔다. 성은 완전히 함락되었다.

사로잡힌 여포군은 차례로 조조에게 끌려갔다. 조조는 높은 누각 위에 앉아 잡혀온 여포군을 심문했다. 조조 옆에는 유비가 앉아 있었다.

첫 번째로 끌려나온 장수는 여포였다. 밧줄에 묶인 여포는 초라하기 그지없었다. 적토마에 올라 방천화극을 휘두르던 천하무적 여포의 모습은 어디에도 없었다. 여포는 무릎을 꿇고 비굴하게 목숨을 구걸했다.

"밧줄을 좀 느슨하게 풀어주시오."

여포가 애원했다.

"호랑이를 느슨하게 묶으면 도망갈 생각을 하게 되지."

조조는 쓴웃음을 지었다.

이번에는 여포의 모사 진궁이 끌려나왔다. 진궁은 한 곳도 흐트러진 곳 없이 꼿꼿하게 앉아 있었다. 진궁을 보자 조조는 옛날 생각이 났다.

"그대는 일찍이 나를 버리고 떠나지 않았던가? 그런데 어찌하여 여포 같은 자의 밑에 붙어 기생하였는가?"

진궁이 대답했다.

"패한 장수에겐 오직 죽음이 있을 뿐이다. 어서 내 목을 쳐라!"

조조는 고개를 흔들었다. 조조는 진궁을 죽이고 싶지 않았다. 조조가 여백사를 죽였을 때 잔인한 자를 주인으로 섬길 수 없다며 홀연히 떠났던 진궁이 아닌가.

조조가 다시 한 번 물었다.

"그대에겐 늙으신 부모님과 자식들이 있지 않소?"

"효로서 천하를 다스릴 줄 아는 장수는 적장의 가족을 해치지 않는다고 들었다."

말을 마친 진궁은 뚜벅뚜벅 사형대를 향해 돌층계를 걸어 내려갔다.

"이보시오, 진궁……."

주변에 있던 조조의 장수들이 일제히 진궁을 말렸다. 그러나 진궁은 고개를 흔들었다.

"비굴하게 목숨을 구걸하기 싫으니 어서 나를 죽여주시오."

보고 있던 모든 사람들이 눈물을 흘렸다.

"이보시오, 승상. 나를 제발 살려주시오. 죽는 날까지 승상에게 충성을 다 하리다."

진궁이 죽자 여포가 몸을 덜덜 떨며 애원했다.

"이놈 여포야, 사내답게 죽을 것이지 웬 소란이냐?"

그때 큰 소리로 여포를 나무라는 사람이 있었다. 그는 여포의 부장으로 있던 장요였다.

"여포에겐 의로운 부하들이 어찌 이렇게 많단 말이냐?"

조조가 수염을 매만지며 감탄했다.

"진궁은 어쩔 수 없이 죽였지만 장요만은 살려주십시오."

유비와 관우가 이구동성으로 조조에게 청했다.

"나도 그럴 생각이었소."

조조는 끌려나온 장요의 몸에서 손수 포승을 풀어주었다.

“여포가 목숨을 구걸하니 어쩌면 좋겠소?”

조조가 유비에게 의견을 구했다.

“여포는 제 아버지 정원을 죽이고, 끝내는 동탁까지 죽인 자입니다.”

유비가 고개를 좌우로 흔들었다.

“흠, 그렇지. 배신을 밥 먹듯이 하는 자이니 언젠가 내 목에 칼을 들이밀겠군.”

“사, 살려 주십시오…….”

여포는 죽는 순간까지도 살려달라고 애원했다.

“베어라!”

조조가 냉정하게 명령했다.

여포는 눈을 부릅뜬 채 그대로 목이 잘렸다.

42. 사슴과 황금 화살

“허창으로 돌아가자!”

모든 일이 끝나자 조조는 군사를 거두었다. 조조의 대군이 하비성을 떠나 서주에 이르렀을 때였다. 수백 명에 이르는 백성들이 길가에 몰려 나와 무릎을 꿇고 조조에게 간청했다.

“여포의 손아귀에서 저희를 구해주신 승상의 은혜 영원히 잊지 않겠습니다. 한 가지 청이 있으니 굽어 살펴주십시오.”

백성들의 청이 워낙 간절했던지라 조조가 말에서 내려 물었다.

"그래, 무슨 청이시오?"

"바라건데 현덕 공께서 서주를 다시 다스리게 해주십시오."

조조가 부드럽게 대답했다.

"내 어찌 백성들의 청을 외면하겠소. 하지만 유공은 이번 싸움에 큰 공을 세운 분이오. 황제를 배알하게 한 뒤 다시 서주로 내려 보내겠소."

백성들은 환성을 지르며 조조에게 절을 올렸다.

그러나 조조는 크게 놀랐다.

'백성들의 신망이 이토록 두텁다니, 유비는 무서운 인물이다. 허창으로 데려간 뒤 벼슬을 내리지 말고 내 집에 머물게 해야겠다.'

유비에 대한 놀라움은 어느새 시기심이 되었다. 조조는 부장 차주에게 명령을 내려 서주를 다스리게 했다.

"이제 곧 원소와 결전을 치를 것이다. 그때까지 마음껏 먹고 마셔라!"

허창에 도착한 조조는 부하들에게 상을 내리고 잔치를 열었다. 유비와 그의 가족들은 승상부 인근에 집을 주어 머물게 했다. 유비를 가까운 곳에 두고 자신의 손발처럼 부리기 위해서였다.

다음날 조조는 유비와 함께 황제를 배알하러 나아갔다. 조조는 유비가 이번 싸움에서 큰 공을 세웠음을 황제에게 알리고 인사를 드리게 했다.

"유비가 황제 폐하를 뵈옵니다."

유비는 층계 아래 엎드려 황제에게 절을 올렸다.

"오, 이런 훌륭한 장수가 있었다니 뜻밖이로다. 그래, 그대의 조상은 어느 곳의 누구신가?"

감격한 유비는 한동안 말을 잇지 못했다.

"신은 유주 탁현 누상촌 출신이옵니다. 효경 황제의 아드님이신 중산정왕의 후예로 유웅의 손자이며 유홍의 아들이지요."

"그렇다면 나와 친척이 아니신가?"

황제는 황실의 족보를 담당하는 대신을 불러 유비의 이름을 확인하게 했다.

"틀림없사옵니다."

대신이 고개를 조아리며 아뢰었다.

"오, 그렇다면 그대는 바로 짐의 아저씨뻘이 되지 않소? 참으로 놀랍고 반갑구려."

황제는 유비를 위해 잔치를 베풀고 사람들에게 유황숙으로 부르게 했다. 유황숙은 황제의 아저씨를 뜻하는 말이었다. 또한 좌장군 의성정후라는 높은 벼슬까지 내렸다. 유비는 눈물을 흘리며 황제의 은혜에 감사를 드렸다. 황제가 유비를 반갑게 맞은 것은 조조 때문이었다. 조조가 권력을 쥐고 나라를 마음대로 주무르자, 조조를 견제하기 위해 유비에게 높은 지위를 내린 것이었다.

유비가 뜻밖의 대접을 받자 조조는 당황했다. 조조는 모사 순욱을 불러 유비의 일을 상의했다.

"황제가 유비에게 각별한 관심을 보이니 이를 어쩌면 좋겠소?"

"유비는 날개 없는 용입니다. 날개가 생기면 언제고 하늘 높이 날아오를 것입니다. 미리 날개를 제거하여 화를 막으십시오."

"흠, 나도 그럴 생각이네. 허창으로 유비를 데리고 온 것은 그의 재능을 묶어두기 위해서 였지."

조조는 수염을 쓰다듬으며 눈을 가늘게 떴다.

"유비도 그렇지만 조정에는 아직 황제를 따르는 원로대신들이 많이 남아 있습니다. 그들을 우리 편으로 만들어 두어야 화가 없을 것입니다."

"옳은 말이오. 날이 좋아지면 사냥 대회를 열어 누가 황제를 따르고 누가 나를 미워하는지 시험해 볼 생각이오. 황제를 초청하여 함께 사냥을 나설 생각이니 그대도 대신들을 면밀히 살펴주시오."

"좋은 생각이십니다."

순욱은 머리를 조아린 뒤 물러났다.

세상은 잠시 평온을 되찾았다. 하북은 기주에 자리를 잡은 원소가 다스렸으며 하남은 남양에 자리잡은 원술이 다스렸다. 조조에게 패해 도망쳤던 원술은 조조가 물러나자 다시 수춘을 되찾아 옛 땅을 회복한 터였다.

대륙 중앙에 있는 형주는 유표의 관할이었으며 그 인근 완성에는 장수가 있었다. 강남에는 손견의 뒤를 이은 손책이 세력을 키우고 있었다. 그들 각자는 호시탐탐 때를 노리며 형식적으로는 황제의 명령에 복종했다. 그들 중에서 조조의 세력이 가장 컸다. 조조는 장안과 낙양, 허창에 이르는 대륙 중앙부를 완전히 장악한 상태였다. 황제조차 조조가 있는 허창에 머물고 있어 아무도 조조를 얕잡아보지 못했다.

봄이 되자 조조는 사냥 대회를 열었다. 황제를 포함하여 조정의 모든 문무 대신들이 참가하는 대규모 사냥 대회였다.

"오랜만에 들로 나가 사냥을 즐기시지요. 날씨도 따스하고 꽃이 만발합니다."

조조가 대뜸 황제를 찾아가 청했다.

"짐은 짐승을 사냥하는 일에 취미가 없소이다. 경들이나 마음껏 즐기고 오시구려."

황제는 거절 의사를 밝혔다. 조조가 자신과 함께 나란히 사냥하는 것이 싫었기 때문이다. 조조의 표정이 굳어졌다.

"황제는 어찌하여 밤낮 궁궐 안에만 머무십니까? 밖으로 나가셔서 백성들이 사는 모습도 보시고 바람도 쏘이시지요."

"그렇다면야……."

분위기가 험악해지자 황제는 한숨을 내쉬며 허락했다.

황제는 황금으로 된 활과 화살을 메고 수레에 올라 산으로 향했다. 조조는 황금으로 된 사냥복을 걸치고 나란히 수레를 몰았다. 그 뒤를 수백 명에 이르는 문무백관들이 말을 타고 뒤따랐다. 누가 높은 사람인지 구분할 수 없을 정도로 조조의 차림새는 황제를 능가했다.

이윽고 사냥터에 도착했다.

산에는 이름 모를 꽃들이 가득했다. 나비들은 꿀을 찾아 이곳저곳 날아다녔다. 산들바람이 이마를 간질이는 싱그러운 봄날이었다. 조조는 10만 군사를 동원하여 산을 에워싸게 했다.

사냥개 수십 마리를 풀어 짐승을 뒤쫓게 한 뒤 붉은 털로 뒤덮인 적토마에 올라탔다. 적토마는 죽은 여포에게서 빼앗은 말이었다.

"자, 사냥을 시작하라!"

조조가 소리쳤다. 북이 울리고 사냥이 시작되었다. 조조는 황제와 나란히 말을 달리며 짐승을 뒤쫓았다. 그 뒤를 유비가 뒤따랐다. 얼마쯤 달리자 개한테 쫓긴 토끼 한 마리가 불쑥 튀어나왔다. 황제가 유비에게 토끼를 가리켰다.

"황숙, 저 토끼를 잡아보시오."

유비는 활에 살을 먹여 지체 없이 쏘았다. 바람을 가르며 날아간 화살은 여지없이 토끼의 목을 꿰뚫었다.

"참으로 놀라운 솜씨로고."

황제는 얼굴을 활짝 폈다. 조조 때문에 불편했던 마음이 유비로 인해 밝아진 것이었다.

산등성이를 넘어갔을 때였다. 숲에서 돌연 커다란 사슴 한 마리가 튀어나왔다.

"이번에는 내가 쏘겠소."

황제는 금으로 된 활을 당겼다. 화살은 사슴 뒤에 있는 소나무에 날아가 박혔다. 초조해진 황제는 말을 달리며 다시 화살을 쏘았다. 화살은 이번에도 빗나갔다.

"승상이 쏴보시오."

황제는 옆에서 나란히 말을 달리고 있는 조조에게 자신의 활과 화살을 넘겨주었다. 조조는 신중한 자세로 활을 당겼다. 날아간 화살은 사슴의 허벅지에 정통으로 명중했다. 사슴은 앞으로 푹 고꾸라지며 다리를 떨었다.

군사들이 재빨리 달려가 죽은 사슴을 끌고 왔다.

"황제 폐하 만세!"

뒤늦게 달려온 대신들은 사슴 허벅지에 황제의 화살이 박혀 있자 만세를 불렀다. 황제가 손을 들어 답례를 할 때였다. 갑자기 말에서 뛰어내린 조조가 사슴 몸에 박힌 화살을 뽑아냈다. 조조는 화살을 높이 쳐들며 만세를 부른 대신들에게 답례했다.

"조조는 참으로 무례하군."

대신들은 작은 목소리로 수군거렸다.

"사슴을 쏜 것은 황제가 아니라 바로 나요."

조조는 눈을 가늘게 뜨고 재빨리 대신들 반응을 살폈다. 아무도 입을 여는 사람이 없었다. 사냥터엔 순식간에 차가운 침묵이 흘렀다. 누구도 감히 나서서 조조의 잘못을 꾸짖지 못했다.

그때 두 눈을 부릅뜨고 조조를 향해 뛰쳐나가는 사내가 있었다. 그는 바로 관우였다. 옆에 섰던 유비는 가까스로 관우를 말렸다. 대신들을 살피던 조조가 무슨 일인가 싶어 유비와 관우를 쳐다보았다.

유비가 얼른 웃으며 조조에게 말했다.

"승상의 활 솜씨는 여전하시군요."

칭찬을 듣고 나자 조조는 의심의 눈초리를 풀었다.

"모두가 황제 폐하의 성은입니다."

조조는 그제야 황제에게 인사를 올렸다.

황제가 멋쩍게 웃자 조조는 군사들을 시켜 황제 폐하 만세를 외치게 했다. 그 틈에 조조는 황제의 화살과 활을 대뜸 자신의 허리춤에 둘렀다.

사냥이 끝나고 돌아오자 유비는 조용히 관우를 불렀다.

"오늘 행동은 평소 자네답지 않았네. 다행이 조조가 눈치를 채지 못했기 망정이지 큰일 날 뻔하지 않았는가."

관우가 떨리는 음성으로 대답했다.

"조조가 황제를 우롱하지 않았습니까? 그를 죽여 나라를 구하고 백성들을 편안하게 하고 싶었습니다. 왜 저를 말리셨습니까?"

유비는 조용히 고개를 끄덕였다.

"내 어찌 자네의 마음을 모르겠나. 하지만 세상 모든 일에는 다 그 시기와 때가 있는 법일세. 아까 섣불리 칼을 들어 조조를 쳤다면 자칫 황제 폐하가 다칠 수도 있는 상황이었네. 우리는 동탁의 예를 보지 않았는가. 조조 하나를 죽인다고 일이 해결되는 것은 아니네. 제2, 제3의 조조는 얼마든지 있는 법이지. 당분간은 조조가 다른 제후들의 힘을 누르도록 놓아 두세."

유비의 말에 관우는 눈물을 흘리며 대답했다.

"과연 형님의 생각이 옳습니다. 제 생각이 짧아 하마터면 일을 그르칠 뻔 했군요."

한편 궁궐로 돌아온 황제는 분함을 참지 못해 눈물을 흘렸다.

"조조가 황제 알기를 점점 우습게 아는구나."

황제는 황후의 손을 잡고 밤새도록 신세 한탄을 했다.

"폐하, 밖에서 무슨 일이 있었는지요?"

황후가 눈물을 닦으며 물었다.

"만조백관들 앞에서 나를 우롱하는데 그 기세가 이만저만이 아니었소. 조조는 언젠가 우리를 죽이고 황제 자리를 차지할 위인이오. 황제가 된 이후 하루도 마음 편할 날이 없으니 이렇게 기가 막힌 일이 어디 있겠소."

황제는 더욱 서럽게 어깨를 들먹였다.

"폐하, 조정에는 아직 의로운 신하들이 많아 남아 있습니다. 그런 신하들을 불러 조조를 물리치게 하십시오."

황후의 말에 황제는 고개를 끄덕였다.

"역시 그 방법밖에는 없는 것 같소."

황제는 손을 들어 무명지를 입으로 깨물었다. 새빨간 피가 손가락을 타고 흘렀다. 황후가 흰색 비단을 가져왔다. 황제는 피로 혈서 한 장을 썼다. 황후가 옥으로 만든 황제의 허리띠를 가져와 그 속에 혈서를 집어넣고 바늘로 감쪽같이 꿰맸다.

다음날 황제는 장군 동승을 궁궐로 들어오게 했다. 동승은 어릴 때 황제를 키워준 동태후의 조카였다. 동탁이 횡포를 부릴 때에도, 이각과 곽사가 난을 일으켰을 때에도 황제의 곁을 떠나지 않은 원로대신이었다.

"그래, 건강은 어떠시오?"

"폐하의 은혜를 입어 건강합니다."

동승이 머리를 숙이고 대답했다.

"마음이 울적하여 옛날 얘기나 할까 오시게 한 것이오."

황제는 동승과 더불어 어려웠던 옛 일들을 하나하나 회상했다. 내시들의 난을 피해 숲속에 숨어 있었던 이야기를 하며 황제는 눈시울을 붉혔다. 그 뒤로도 계속해서 고난의 연속이었다. 대화는 동탁에서 자연스럽게 조조로 넘어갔다. 조조 이야기가 나오자 황제는 자신도 모르게 한숨을 쉬었다.

"어째서 한숨을 쉬십니까?"

동승도 황제가 왜 한숨을 쉬는지 잘 알고 있었다. 그러나 황제의 의중을 알 수 없어 일부러 모른 척 물은 것이었다.

"조조의 허수아비 노릇이나 하고 있는 내 자신이 한심해서 그렇소."

듣고 있던 동승은 자신도 모르게 눈물을 주르륵 흘렸다.

"모든 일이 못난 신하들 때문입니다. 저희가 폐하를 잘 모시지 못했기에……."

동승은 슬픔에 복받쳐 말을 잇지 못했다.

"내 어찌 경의 심정을 모르겠소. 경과 같은 충성스러운 신하들이 아직 내 곁에 남아 있어서 천만 다행이오."

말을 마친 황제는 허리에 두르고 있던 옥대를 끌러 동승에게 하사했다.

"황공하옵니다."

동승은 두 손으로 소중하게 옥대를 받았다.

"옥대를 잘 살펴보면 내 뜻을 알게 될 것이오. 옥대를 가지고 돌아가 늘 허리에 두르고 기울어가는 한나라를 구해주시오."

"성은이 망극하옵니다."

동승은 엎드려 절을 올렸다. 황제가 신하에게 옥대를 내리는 것은 극히 드문 일이었다. 예사로운 일이 아니라는 생각을 하며 동승은 어전을 물러났다.

43. 황제의 뜨거운 피

동승이 궁궐을 막 빠져나올 때였다.

하필이면 수레를 타고 오던 조조와 정면으로 마주쳤다. 동승은 가볍게 인사를 건넨 뒤 태연하게 그 옆을 지나쳤다. 바로 그때 군사 하나가 달려와 조조에게 귓속말로 무엇인가를 얘기했다. 그 부하는 조조가 궁궐에 심어놓은 염탐꾼이었다. 동승이 황제를 만나 급히 집으로 돌아가자 이를 수상히 여겨 뒤쫓았던 것이다.

"장군께서는 무슨 일로 황제를 만나셨소?"

조조가 동승의 위아래를 살피며 물었다.

"폐하와 더불어 옛 이야기를 나누었습니다."

동승이 아무렇지도 않은 듯 둘러댔다.

"흠, 손에 들고 계신 것은 무엇이오?"

조조가 눈을 가늘게 뜨고 꼬치꼬치 캐물었다.

"이것은 폐하께서 하사하신 옥대입니다."

"흠, 왜 하필 이런 것을 선물로 내리셨을까……."

조조는 군사를 시켜 옥대를 가져오게 하고 면밀히 살폈다. 아무리 보아도 평범한 옥대였다.

"폐하의 옥대라기에 한번 구경을 해 본 것이오."

조조는 껄껄 웃으며 옥대를 동승에게 돌려주었다. 옥대를 받아든 동승은 뒤도 돌아보지 않고 집으로 돌아왔다.

동승은 문을 걸어 잠그고 옥대를 집어 들었다. 옥대를 잘 살피라는 황제의 말이 생각났기 때문이다. 옥대는 꽃과 용이 수놓아진 비단으로 감싸져 있었다. 일정한 간격으로 박힌 옥구슬이 영롱한 빛을 뿜어냈다.

밤이 늦도록 동승은 옥대를 손에서 놓지 않았다.

'아무리 봐도 이상한 점을 발견할 수 없군.'

새벽이 되어 동승은 책상에 엎드려 그대로 잠이 들었다. 깊은 시름에 잠겼던 터라 머리가 무겁고 몸이 피곤했다. 잠에 빠진 동승은 몸을 뒤척이다가 실수로 초를 건드렸다. 초가 넘어지면서 그만 황제가 하사한 옥대에 불이 붙고 말았다. 불은 옥대를 태우며 동승의 옷소매로 옮겨 붙었다.

"앗, 뜨거워!"

동승은 화들짝 놀라 눈을 떴다. 동승은 손으로 급히 옥대와 옷소매에 붙은 불을 껐다.

"큰일이구나. 황제가 내리신 옥대를 불로 태우다니……."

동승은 한숨을 내쉬며 옥대를 다시 한번 살폈다. 바로 그때였다. 불 탄 옥대 속에서 얇게 펴진 비단 한 장이 나왔다. 그것은 황제가 손가락을 깨물어 피로 쓴 혈서였다. 동승은 황급히 그것을 읽어 내려갔다.

동탁이 죽어 나라가 안정을 찾았는가 했더니
이번에는 조조가 동탁이 되었구나
조조의 횡포가 갈수록 심해지고 있으니
4백년간 이어져 내려온 한나라는 이제 끝이란 말인가
그대는 지금 즉시 충신들을 규합하여

조조를 벌하고 짐과 더불어 한나라를 구하라
손가락을 깨물어 피로 내리는 명령이니
부디 짐의 뜻을 거역하지 말지어다

건안 4년 봄

혈서를 다 읽고 난 동승은 어깨를 들먹이며 눈물을 흘렸다. 그치려고 해도 자꾸만 눈물이 쏟아졌다.

"폐하, 신들이 죽을 죄를 지었습니다."

동승은 궁궐을 향해 절을 올리며 통곡했다.

뜬눈으로 밤을 새운 동승은 다음날부터 비밀리에 충신들을 찾아다녔다. 동지를 모아 조조를 죽이고 황제의 권한을 바로 세우기 위해서였다.

맨 먼저 동지가 된 사람은 동승의 친구 왕자복이었다. 왕자복은 시랑이라는 벼슬을 하고 있었다. 황제의 혈서를 보자 왕자복은 눈물을 흘리며 통곡했다. 동승은 하얀 비단 한 장을 가져와 이름을 적는 연판장을 만들었다. 연판장에 이름을 적는 것은 뜻을 함께 한다는 약속이었다. 동승이 손을 깨물어 피로써 연판장에 이름을 적었다. 왕자복도 손을 깨물어 자기 이름

을 적었다.

소식을 들은 대신들이 속속 달려왔다. 교위 충집과 의랑 오석도 뜻을 함께 했다. 장안을 수비하던 장군 오자란도 연판장에 자신의 이름을 적었다. 순식간에 동지를 네 명이나 얻자 동승은 잔치를 열고 그들을 대접했다.

잔치가 한창 무르익을 무렵이었다. 하인 한 명이 달려와 동승에게 보고했다.

"서량 태수 마등 장군이 들르셨습니다."

마등은 공무가 있어 허창에 온 몸이었다. 그는 조조를 싫어하고 의리가 강한 사람이었다.

"마침 잘 됐구나."

동승은 마등을 방으로 안내하고 황제의 혈서를 보여주었다. 혈서를 보자 마등은 황제가 있는 궁궐을 향해 세 번 절을 올리고 통곡했다.

"내 언젠가는 반드시 조조를 쳐서 죽일 것이오. 여러분은 이곳에서 동지를 모으시오. 나는 서량으로 돌아가 군사를 기르며 여러분이 부르기를 기다리겠소."

마등은 몸을 부르르 떨며 연판장에 이름을 적었다.

순식간에 연판장에 서명한 사람은 여섯 명으로 늘어났다.

하지만 턱없이 부족한 숫자였다. 곳곳에 조조의 염탐꾼이 숨어 있어 사람을 모으는 일도 쉽지 않았다. 조조를 미워하는 대신들은 많았으나 복수가 두려워 선뜻 연판장에 서명하기를 꺼려했다.

마등은 서량으로 떠나기 전 다시 동승을 찾아왔다. 동승은 조정 대신들 이름이 적인 명부책을 보고 있었다. 대신들 한 사람 한 사람을 손으로 짚어 가며 동승은 고개를 흔들었다. 이제 조정에는 충신들이 남아 있지 않았다. 대부분 벼슬을 내놓고 조정을 떠났거나 그게 아니면 조조의 부하가 돼 있었다.

"여기, 마땅한 사람이 있구려."

명단을 쳐다보던 마등이 손으로 한 곳을 가리켰다. 마등이 가리킨 사람은 다름 아닌 유비였다.

"유비는 황제 폐하의 아저씨로 유황숙 칭호를 받은 분입니다. 이분의 도움을 받는다면 능히 조조를 없앨 수 있을 것이오."

듣고 있던 동승이 고개를 흔들었다.

"안 될 일이오. 유비는 지금 조조 밑에서 벼슬을 하고 있소이다."

"그렇지 않을 것이오. 유비는 어진 사람으로 그 밑에는 관우와 장비라는 천하의 맹장이 있소. 지금은 비록 조조 밑에 고개를 숙이고 있지만 반드시 무슨 생각이 있을 것이오."

그 말에 모두들 고개를 끄덕였다.

"그렇다면 당장 유황숙을 이 일에 끌어들입시다."

동승이 기쁜 얼굴로 말했다.

"좋소이다. 큰 힘이 될 것이오."

모두 이구동성으로 찬성했다.

며칠 뒤 동승은 조조의 감시를 피해 유비를 찾아갔다.

"늦은 밤에 어인 일이십니까?"

유비가 의아한 얼굴로 물었다.

동승이 미소를 띠고 대답했다.

"술이나 한잔 얻어 마실까 하여 왔소이다."

유비는 동승을 별실로 안내했다.

술상이 나오자 동승은 말없이 술만 비웠다. 보다 못한 유비가 물었다.

"이렇게 찾아오신 데에는 필경 무슨 이유가 있을 것으로 압니다. 속 시원히 말씀해보시지요."

듣고 있던 동승은 소매에서 연판장과 황제의 혈서를 꺼냈다.

"아니, 이게 무엇이오?"

유비는 눈이 휘둥그레졌다.

"조조를 없애달라는 황제 폐하의 명령이시오. 그 옆에 있는 연판장은 우리와 뜻을 합치기로 맹세한 조정 대신들 명단이외다."

"소신도 당연히 뜻을 함께 하겠습니다."

유비는 눈물을 흘리며 무명지를 깨물었다. 무명지에선 이내 뜨거운 피가 솟아 나왔다. 유비는 손가락으로 연판장에 좌장군 유비라고 썼다.

"고맙소."

동승이 유비의 손을 마주 잡았다.

"서두르면 반드시 실패할 것이오. 일단 조조가 눈치를 채지 못하도록 은밀하게 움직입시다."

유비는 몇 번이나 신신당부를 했다.

동승이 돌아가자 유비는 홀로 생각에 잠겼다.

'조조를 속이는 일이 무엇보다 중요하다. 이제부터 행동을 조심해야겠다.'

다음날 유비는 조조가 있는 승상부를 찾아가 엉뚱한 청을 했다.

"지금 살고 있는 집은 너무 호화롭고 큽니다. 시골에 적당한 농가를 하나 마련하여 농사를 지을까 하니 허락해 주십시오."

유비가 농사를 짓는다고 말하자 조조는 웃음을 터뜨렸다.

"하하하, 천하는 어찌하고 농사를 짓는다는 거요?"

"소장은 본래 돗자리를 짜던 농부였습니다. 승상의 덕으로 이제 백성들의 삶도 편안해졌으니 소장은 이제 할 일이 없습니다."

그러나 조조는 고개를 흔들었다.

"나는 공을 곁에 두고 함께 지내고 싶소. 가끔은 그대를 불러 나라의 대소사를 의논하고 싶으니 당분간 이곳에 그냥 머무르시오."

조조는 유비를 곁에 두고 감시할 생각이었다.

집으로 돌아온 유비는 외출을 삼가고 텃밭을 일구기 시작했다. 쟁기로 밭을 갈고 씨앗을 뿌렸다. 물을 주고 거름을 치자 어느새 파릇한 채소들이 싹을 내밀었다. 누가 봐도 농부와 다름없는 생활이었다.

관우와 장비는 그런 유비가 매우 못마땅했다. 특히 장비는 유비를 볼 때마다 울화가 치밀었다. 어느 날 장비는 더 참지 못하고 유비를 찾아갔다.

"형님, 우리가 채소밭이나 만들자고 의형제를 맺었습니까?

이럴 바엔 차라리 누상촌으로 돌아갑시다. 거기 가서 형님은 돗자리 짜고 나는 돼지고기 썰어 팔고……."

"또 그 소린가?"

유비는 빙긋 웃으며 밭 매던 일을 계속했다.

관우도 거들었다.

"형님의 마음을 도저히 알 수가 없군요. 언제까지 조조 밑에서 부하 노릇이나 하고 있어야 되겠습니까."

유비가 허리를 펴고 대답했다.

"생각이 있으니 조금만 기다리게. 모든 일에는 다 때가 있는 법이네."

두 사람은 별 수 없이 유비의 곁을 물러났다.

답답함을 느낀 관우와 장비는 들로 나가 사냥하는 일로 시간을 보냈다.

44. 대탈출

유비는 변함없이 텃밭에서 채소를 돌보는 일로 세월을 보냈다.

그러던 어느 날이었다. 조조의 부하 장수 허저와 장요가 유비를 찾아왔다.

"승상께서 찾으시오."

"나를 말이오? 무슨 일이랍디까?"

유비가 이마의 땀을 닦으며 물었다.

"잘 모르겠습니다. 급히 모셔 오라는 명령을 받았을 뿐이지요."

유비는 가슴이 철렁했다. 연판장에 서명한 일이 탄로 나지 않았을까 걱정이 되었던 것이다. 자칫 잘못되면 모든 일이 끝장날 수 있는 순간이었다.

승상부로 들어가자 조조가 반갑게 유비를 맞았다. 조조는 정자가 있는 후원으로 유비를 안내했다. 정자 안에는 술상이 마련되어 있었다. 유비와 조조는 후원에 핀 꽃들을 바라보며 주거니받거니 술을 마셨다.

"공을 부른 것은 서로 마음을 열고 천하의 일을 의논하기 위해서요. 오늘은 모든 것을 잊고 가볍게 한잔 합시다."

유비는 그제야 마음을 놓았다.

"그래, 요즘 농사짓는 일은 어떻소?"

조조는 염탐하는 부하를 통해 유비가 무엇을 하는지 알고 있었다.

"전쟁터에 나가 싸우는 일보다 쉽지 않습니다."

유비의 대답에 조조는 소리 내어 웃었다.

"하하, 그럴 것이오."

조조는 친구처럼 편하게 유비를 대했다. 두 사람은 모처럼 웃고 떠들며 대화를 나누었다.

두 사람 모두 제법 술이 취했을 때였다. 술을 나르던 하인이 갑자기 하늘을 가리키며 소리쳤다.

"용입니다. 용이 승천하고 있습니다."

두 사람은 정자 난간을 붙잡고 하늘을 쳐다보았다. 서편 하늘에서 검은 구름이 몰려오고 있었다. 먹구름이 해를 가리면서 용이 여의주를 입에 물고 있는 형상을 만들었다. 용 한 마리가 꿈틀거리며 하늘로 치솟는 모습이었다.

별안간 조조의 눈이 가늘어졌다.

"유공, 유공은 혹시 용에 대하여 자세히 아시오?"

"글쎄요……."

유비는 조조가 왜 그런 말을 꺼내는지 알 수 없어 말끝을 흐렸다.

"용은 참으로 변화무쌍한 동물이요. 하늘을 자유자재로 날아다닐 뿐 아니라, 구름 속에 몸을 숨기기도 하고 강물 속에서 헤엄을 칠 수도 있소. 손으로 구름을 일으키고 입으로는 안개를 토하지요. 하루에도 수천 리, 수만 리를 날아다니는 영특한 동물입니다. 사람으로 치자면 영웅호걸에 견줄 만한 짐승이지요."

조조가 난데없이 용 타령을 하자 유비는 말없이 듣기만 했다.

"유공은 황건적을 토벌할 때부터 천하 곳곳을 누비지 않았소? 유공이 보시기엔 누가 진정한 영웅이라 생각하시오?"

참으로 난감한 질문이었다. 유비는 황급히 손을 내저었다.

"제가 무엇을 알겠습니까? 굳이 말씀드리자면 승상이야말로 진정한 이 땅의 영웅이시지요."

"기왕이면 몇 명 더 꼽아보시오."

"화남의 원술이나 하북의 원소, 강남의 손견과 형주의 유표 정도를 더 꼽을 수 있겠군요."

듣고 있던 조조가 껄껄 웃었다.

"원소는 때를 기다릴 줄 모르는 멍청이에 불과하오. 선불리 황제 노릇을 하다가 수춘을 버리고 쫓겨가지 않았소? 원소는 겉으로만 위풍당당할 뿐 속이 좁은 인간이오. 유표는 선비에 가까운 인간이라 천하를 부릴 능력이 없소이다. 손책은 아버지 손견의 뒤를 이어받은 어린애일 뿐이지 않소."

유비는 계속해서 완성의 장수와 익주의 유장, 공손찬 등의 이름을 예로 들었다. 그때마다 조조는 고개를 흔들며 그들을 깎아내렸다.

"제가 아는 영웅은 그들뿐이오."

유비는 거기까지 얘기하고 말을 멈추었다. 조조가 술에 취

한 척하면서 날카롭게 유비를 살폈다.

"내가 보기엔 아직 한 사람의 이름이 나오질 않았소."

"그게 누구입니까? 설마 죽은 여포를 말씀하시는 건 아니겠지요."

조조는 턱으로 유비를 가리켰다.

"어찌하여 공의 이름을 빼 놓는 것이오. 내가 영웅이라면 그대 역시 나 못지않은 영웅이오. 한 마리 용처럼 자신을 감추고 웅크릴 줄 아는 용! 언젠가 승천하기 위해 가만히 참고 인내할 줄 아는 용!"

유비는 가슴이 섬뜩했다. 조조가 자신의 마음을 속속들이 읽고 있었기 때문이다.

유비는 손을 홰홰 내저었다.

"영웅이라니요, 당치도 않습니다."

유비가 말을 마쳤을 때 먹구름이 몰려들면서 갑자기 주변이 어두워졌다. 유비는 깜짝 놀라 주변을 두리번거렸다. 먹구름 사이로 한 줄기 푸른 섬광이 날아와 매화나무 가지를 후려쳤다. 그와 동시에 엄청난 굉음이 천지를 진동했다.

"앗!"

유비는 자신도 모르게 들고 있던 젓가락을 떨어뜨렸다.

"사내 대장부가 어찌 천둥을 무서워하시오?"

조조가 고개를 갸웃거리며 물었다.

"부끄럽습니다. 저는 어릴 때부터 천둥을 무서워했습니다. 마음이 약해서 누가 소리를 크게 지르기만 해도 깜짝 놀라지요."

"음……."

조조는 고개를 끄덕였다. 조조가 유비를 초대한 것은 그를 시험하기 위해서였다. 천둥에 놀라는 유비를 보자 조조는 품고 있던 의심을 깨끗이 지웠다.

'유비는 겁쟁이로구나…….'

조조는 술통을 들어 유비의 잔에 넘치도록 따랐다.

한편 사냥을 나갔던 관우와 장비는 유비가 조조에게 불려갔다는 소식을 듣자 곧바로 집으로 돌아왔다. 유비에게 무슨 일이 생겼다고 짐작한 두 사람은 말을 몰아 승상부로 달려갔다.

승상부 후원에 도착한 두 사람은 깜짝 놀라 걸음을 멈추었다. 정자에 앉아 유비와 조조가 나란히 술잔을 기울이고 있었기 때문이다.

"큰일났다. 이런 줄도 모르고 승상부에 칼을 차고 들어왔으니."

관우가 장비의 옆구리를 찔렀다. 장비와 관우는 허겁지겁 장팔사모와 청룡도를 옆으로 내렸다.

그때 술을 목구멍으로 넘기던 조조가 두 사람을 발견했다.

"아니, 자네들은 관우와 장비가 아닌가? 무기를 들고 후원까지 웬일인가?"

조조가 의아한 얼굴로 물었다. 장비가 씩 웃으며 궁색하게 변명했다.

"승상께서 저희 형님과 술을 드신다기에 칼춤을 보여드리러 왔습니다."

장비는 관우에게 한쪽 눈을 찡긋하여 신호를 보냈다. 장비와 관우는 무기를 치켜들고 재빨리 칼춤 추는 흉내를 냈다.

"그대들이 여기 왜 왔는지 내가 어찌 왜 모르겠소. 유공은 참으로 훌륭한 아우들을 두셨소이다."

조조는 술상을 내오게 하여 장비와 관우에게 술을 내렸다. 유비를 보호하러 달려온 관우와 장비의 의리에 조조는 깊이 감동했다. 두 사람은 엎드려 절을 하고 술잔을 받았다.

웃고 떠드는 사이 하루가 저물었다. 밤이 깊어 세 사람은 조조에게 작별을 고하고 승상부를 나왔다.

"형님이 안 계셔서 깜짝 놀랐습니다. 조조가 웬일로 형님을 불렀습니까?"

관우의 말에 유비는 낮에 있었던 일을 상세히 전해주었다.

"조조는 계속해서 나를 시험하고 있었네. 농사를 지으며 한가롭게 세월을 보낸 것은 조조를 안심시키기 위해서였지. 아니나 다를까. 조조는 용 타령을 하며 은근히 나를 떠보더군. 마침 천둥이 쳤고 나는 놀라는 시늉을 하며 젓가락을 떨어뜨렸네. 조조는 그제야 안심을 하는 눈치더군."

"그렇게 깊은 뜻이 있었군요."

관우와 장비는 유비의 지혜에 새삼 탄복했다.

며칠 뒤 조조는 또다시 유비를 승상부로 불러들였다.

"오늘은 날씨가 맑으니 마음껏 마십시다."

조조가 유쾌하게 웃었다.

"이렇게 불러주셔서 고맙습니다."

두 사람은 지난번과 마찬가지로 후원 정자에 앉아 술잔을 기울였다. 조조는 유비에게 품었던 의심을 완전히 거둔 상태였다.

술자리가 무르익을 무렵 만총이 조조를 찾아왔다. 만총은 조조가 원소를 감시하기 위해 하북으로 파견한 첩자였다.

"그래, 하북의 상황은 어떤가?"

조조가 술잔을 내려놓으며 물었다.

"공손찬과 원소 사이에 한바탕 전쟁이 있었습니다."

만총이 절을 올린 뒤 공손히 대답했다.

"음, 그랬지. 지난번 공손찬을 공격한다고 식량과 무기를 우리에게 청한 일이 있었네. 결과는 어찌 되었나?"

"공손찬이 무너졌습니다. 천하에 이름이 높던 5천 철기병은 뿔뿔이 흩어지고 공손찬은 싸움 중에 죽었습니다. 공손찬과 땅을 합친 원소의 세력은 날로 강대해져 이제 곧 황제에 오를 것이라는 소문이 파다합니다."

듣고 있던 유비가 별안간 술잔을 내려놓으며 탄식했다.

"그게 정말이오? 천하의 공손찬이 원소 따위에게 무너지다니……."

조조가 의아한 듯 물었다.

"공은 어찌하여 그렇게 놀라시오."

"공손찬은 저와 어릴 때부터 함께 공부를 한 친구입니다."

유비는 스승 노식 밑에서 공손찬과 함께 글을 배우던 시절을 떠올렸다. 벌써 20년도 더 된 일이었다. 그 뒤로도 유비는 어려운 일이 있을 때마다 공손찬의 도움을 받았다. 지난날 공손찬이 황제에게 자신을 천거했던 일을 떠올리며 유비는 눈물을 흘렸다.

"그런 일로 눈물을 흘리다니, 유공은 마음이 너무 약하구려."

조조가 입가에 미소를 지으며 유비를 위로했다.

"화남의 원술도 심상치가 않습니다."

만총이 끼어들었다.

"심상치 않다니?"

"형의 세력이 커지자 근거지인 수춘을 버리고 원소와 합칠 모양입니다. 자신이 가지고 있던 옥새를 형에게 주기 위해 북쪽으로 올라오고 있다 합니다."

"음, 그것은 절대로 안 될 일이지."

조조는 이마를 찡그렸다.

'조조 곁을 떠날 좋은 기회로다.'

가만히 듣고 있던 유비는 한 가지 좋은 꾀를 생각해냈다.

"그동안 승상께 입은 은혜를 이번에 갚을까 합니다. 허락해 주십시오."

"그게 무슨 말이오?"

조조가 눈을 가늘게 떴다.

"원소 형제가 서로 합쳐진다면 그 힘이 천지를 진동할 것입니다. 무슨 일이 있어도 막아야 하지요. 원술이 원소한테 간다면 반드시 서주를 지날 것입니다. 제게 약간의 병사를 주시면 길목을 지키고 있다가 원술을 사로잡아 오겠습니다."

유비가 스스로 원술을 치겠다고 나서자 조조는 의심을 풀었다.

"좋소이다. 5만 군사를 내줄 테니 내일 당장 길을 떠나시오. 대신에 반드시 원술의 목을 가져오시오."

다음날 조조는 5만 군사를 유비에게 주고 자신의 심복인 주영과 노소를 붙여주었다. 군사를 얻자 유비는 그 길로 허창을 벗어났다. 5만이나 되는 부하를 얻자 관우와 장비는 신이 났다. 유비가 그동안 왜 조조에게 머리를 숙였는지 이제야 알 것 같았다.

그들이 도성을 벗어나 10리쯤 왔을 때였다. 허겁지겁 말을 달려오며 그들을 부르는 사람이 있었다. 그는 바로 동승이었다.

"유황숙은 지금 어딜 가시오? 우리와 연판장에 서명한 약속은 잊으신 거요?"

유비가 황급히 말에서 내려 대답했다.

"그럴 리가 있습니까? 큰 뜻을 품고 떠나는 마당이니 조금만 기다려주십시오. 그 일은 무슨 일이 있어도 비밀로 해야 합니다."

"황숙만 믿겠습니다. 황제 폐하의 혈서를 잊지 마십시오."

두 사람은 아쉬운 마음으로 작별 인사를 나누었다.

그 무렵 승상부에서는 한바탕 소동이 벌어졌다. 유비가 대군을 이끌고 떠나자 깜짝 놀란 모사 정욱이 승상부로 달려왔다.

"승상, 승상은 큰 실수를 저질렀습니다. 유비에게 군사를 준 것은 우리에 갇힌 용을 풀어준 격입니다. 속히 군사를 거두시고 유비를 사로잡으십시오."

뒤늦게 달려온 곽가도 정욱을 거들었다.

"호랑이에게 날개를 달아주셨습니다. 이제 유비는 돌아오지 않을 것입니다. 그가 왜 채소밭을 가꾸고 천둥소리에 놀라는 시늉을 했겠습니까. 전부 다 승상의 눈을 속이려는 작전이었습니다."

"으음, 이럴 수가……."

조조는 급히 허저를 불러 명령했다.

"유비에게 달려가 군사를 돌리게 하라."

명을 받은 허저는 날랜 군사 5백을 이끌고 나는 듯이 유비를 뒤쫓았다.

"장군은 무슨 일로 나를 쫓아오시오?"

허저를 보자 유비가 태연하게 물었다.

"승상께서 급히 도성으로 돌아오시랍니다."

"적과 싸우러 가는 장수를 돌아오게 하다니, 그게 말이나 될 법한 소리요? 또한 그 명령을 승상께서 내렸다는 증거라도 있소이까?"

유비는 허저를 무시하고 계속 행군할 것을 명령했다. 허저가 유비를 막아서자 관우와 장비가 눈을 부릅뜨고 허저를 노려보았다. 허저는 할 수 없이 그대로 승상부로 돌아왔다.

"이미 엎질러진 물이다. 주영과 노소, 두 장수를 심복으로 붙여 놓았으니 유비도 섣불리 딴 생각을 품지 못할 것이다."

조조는 더 이상 유비를 쫓지 못하게 했다.

옆에 있던 곽가가 조조를 위로했다.

"유비는 원술을 공격하겠다는 승상과의 약속을 반드시 지킬 것입니다. 일단 원술을 치게 하고 그 다음에 유비를 제거하십시오."

45. 원술의 최후

마침내 유비는 서주에 이르렀다. 서주는 조조의 부장 차주가 임시로 다스리고 있었다. 아무것도 모르는 차주는 성문을 활짝 열고 유비 일행을 맞이했다.

"유비 공께서 어쩐 일이십니까?"

유비가 태연하게 대답했다.

"우리는 황제의 명을 받아 원술을 치러 온 군사들이오."

차주는 성대한 잔치를 열어 유비 일행을 환영했다.

잔치가 끝난 뒤 유비는 자신이 살던 집으로 갔다. 늙은 어머니와 가족들이 팔을 벌리고 뛰어나와 유비를 반겼다. 유비가 조조를 따라갈 때 서주에 남았던 손건과 미축, 진등 부자도 달려와 유비를 환영했다. 그들은 서로 얼싸안고 다시 만난 기쁨을 함께 나누었다.

며칠 뒤 정찰을 나갔던 군사가 달려와 보고했다.

"원술이 지나가고 있습니다."

원술은 옥새를 가지고 형 원소를 찾아가는 중이었다. 원술이 형을 찾아가는 이유는 나라가 망했기 때문이다. 원술은 황제가 된 이후 세금을 많이 거두고 연일 전쟁을 벌였다. 견디다 못한 많은 백성들이 하나 둘씩 이웃 나라로 도망쳤다. 엎친 데 덮친 격으로 가뭄이 들어 식량도 바닥났다. 더는 다스릴 백성이 없자 원술은 할 수 없이 형을 향해 길을 떠났다.

"이제 원술을 사로잡을 때가 되었다."

유비는 조조에게 빌린 5만 군사를 이끌고 원술을 향해 나아갔다. 관우와 장비가 유비의 왼쪽을 담당하고 조조의 부장인 주영과 노소가 오른쪽을 맡았다.

조금 기다리자 원술군이 지친 모습으로 나타났다.

"저건 조조의 깃발이 아닌가?"

유비의 군대를 보자 원술은 깜짝 놀라 행렬을 멈추게 했다.

"역적 원술은 내 창을 받아라!"

몸이 근질근질하던 장비가 다짜고짜 원술을 향해 뛰어나갔다.

"조조의 군사들인 줄 알았더니 촌놈 유비로구나. 기령은 무얼 하느냐. 저놈들을 사로잡아라!"

원술이 수레를 호위하던 기령에게 명령했다. 기령은 원술이 가장 아끼는 용맹한 장수였다.

"장비, 네 이놈!"

기령이 칼을 빙글빙글 돌리며 장비를 막아섰다. 두 장수는 먼지를 일으키며 10합가량 싸움을 벌였다. 어느 순간 장팔사모가 '번쩍!' 하고 허공에서 원을 그렸다. 기령이 외마디 비명을 지르며 말에서 떨어졌다.

"죽고 싶은 놈들은 썩 나와라!"

장비가 기령의 머리를 원술에게 내던졌다.

"나는 황제 폐하의 명령으로 원술을 치러 왔다. 원술은 순순히 항복하라!"

유비가 쌍고검을 높이 쳐들고 전원 공격 명령을 내렸다. 원술군은 우왕좌왕하며 무너졌다. 많은 군사들이 창에 찔리고 칼에 맞아 목숨을 잃었다. 순식간에 시체가 들을 덮고 흘린 피

는 시내를 이루었다.

"안 되겠군. 수춘 성으로 돌아가자!"

부하들이 싸우는 사이 원술은 가족을 데리고 재빨리 도망쳤다. 고작 천여 명의 군사가 원술을 따를 뿐이었다.

며칠 뒤 원술은 유비의 추격군을 완전히 따돌렸다. 연일 뜨거운 태양이 작열했다. 지친 말과 병사들이 하나둘씩 죽어갔다. 식량과 물이 다 떨어져 원술은 죽으로 겨우 끼니를 때웠다.

"음, 어쩌다가 내가 이 모양이 되었을까……."

원술은 하늘을 우러러보며 길게 탄식했다.

"가자, 죽어도 수춘에 가서 죽자. 나라를 다시 일으켜 반드시 오늘의 복수를 하리라."

원술은 비틀거리며 걸음을 옮겼다. 이제 뒤따르는 사람은 백 명도 채 되지 않았다. 그렇게 얼마쯤 전진했을 때였다.

"가진 것을 모두 내놓고 가라!"

수백 명의 도적들이 나타나 원술 일가를 포위했다.

"무엄하다. 짐은 이 나라의 황제이니라."

원술이 도적들을 꾸짖었다.

"황제라고? 흥, 저놈들을 죽여라!"

도적들은 코웃음을 치며 원술의 아내와 일가친척을 모조리 죽였다. 원술은 아우 원윤과 함께 말을 타고 겨우 도망쳤다.

광릉 땅에 도착했을 때였다. 벌판을 지날 때 구름에 가려졌던 해가 모습을 내밀었다.

"목, 목이 마르다."

갈증을 이기지 못한 원술은 그대로 말에서 굴러 떨어졌다.

"형님, 정신 차리십시오."

원윤이 달려와 원술을 부축했다.

"꿀, 꿀물이 먹고 싶다……."

원술은 붉은 피를 한 말이나 토하고 그 자리에서 숨을 거두었다. 시체를 지키던 원윤도 다음 날 죽고 말았다. 한때 황제가 되어 천하를 호령하던 원술이었지만 죽음의 순간은 이처럼 비참했다.

원술이 죽자 그가 가지고 있던 옥새는 벌판에 그대로 버려졌다. 그것을 주운 사람은 서구라는 도둑이었다. 서구는 주변을 지나다가 원술의 몸에서 우연히 옥새를 발견했다. 서구는 옥새를 가지고 즉각 허창에 있는 조조에게 달려갔다.

"음, 드디어 옥새가 내 손에 굴러왔구나."

조조는 손뼉을 치며 좋아했다. 궁녀와 함께 우물 속에 던져졌던 옥새는 손견을 거쳐 원술에게로 갔다가 마침내 조조에게 돌아온 것이었다.

한편 원술을 격파한 유비는 북을 울리며 서주성으로 향했다. 조조의 부장인 주영과 노소는 다시 허창으로 돌려보냈다. 조조에게 빌린 군사 5만은 국경 수비를 이유로 돌려보내지 않았다.

주영과 노소를 보자 조조는 불같이 화를 냈다.

"이런 멍청이들, 5만 군사는 어찌하고 너희들만 돌아왔느냐."

옆에 있던 순욱이 작은 목소리로 말했다.

"유비가 원술을 죽였으니 어쨌든 우리 목적은 달성된 셈입니다. 이제 차주에게 사람을 보내 유비를 없애버리십시오. 5만 군사를 되찾는 방법은 그 길밖에 없습니다."

"그게 좋겠군."

조조는 즉시 전령을 차주에게 내려보냈다.

조조의 밀서를 받은 차주는 진등을 불러 의논했다.

"승상이 유비를 죽이라고 하는데 어쩌면 좋겠소?"

진등은 태수 도겸의 유언을 받들어 유비를 모시던 신하였다.

"잔치를 연 후에 유비를 초대하여 죽여버리십시오."

진등은 차주에게 거짓 계획을 일러준 뒤 급히 유비에게 달려갔다.

"뭐라고? 이런 죽일 놈들이 있나."

장비가 고리눈을 치뜨며 소리쳤다.

"서주는 어차피 도겸이 형님에게 물려준 땅이 아닙니까? 이 기회에 차주를 몰아내고 서주를 차지해버립시다."

관우가 유비에게 권했다.

얼마 지나지 않아 차주가 전령을 보내왔다. 원술을 무찌른 기념으로 잔치를 열었으니 와달라는 전갈이었다. 유비는 군사를 이끌고 서주성 안으로 들어가 그대로 성을 차지해버렸다. 반항하던 차주는 관우에 의해 목이 달아났다. 남은 조조의 군사는 모두 유비에게 항복했다. 여포에게 서주성을 빼앗긴 지 4년 만에 성을 되찾은 것이었다. 백성들 역시 옛 주인이 다시 돌아오자 만세를 부르며 좋아했다.

어쩔 수 없이 차주를 죽였지만 유비는 걱정이 태산 같았다.

"조조가 이 일을 알면 필시 가만히 있지 않을 것이다."

하지만 이미 엎질러진 물이었다. 유비는 군사를 새로 뽑고 조조와 싸울 준비를 했다. 어느 날 진등이 유비를 찾아와 말했다.

"조조를 막아 싸울 수 있는 좋은 방법이 있습니다."

"어떤 방법이오?"

유비가 얼굴을 펴고 물었다.

"조조와 맞설 수 있는 사람은 하북의 원소밖에 없습니다. 원소와 손을 잡으면 조조도 함부로 서주를 침범하지 못할 것입니다."

유비가 고개를 흔들었다.

"아우인 원술을 죽였는데 원소가 나를 도와줄지 걱정이오."

"그건 걱정하지 마십시오. 조조를 무찌르기 위해서 원소는 어쩔 수 없이 우리 서주와 손을 잡을 것입니다."

손건이 유비의 편지를 가지고 하북으로 떠났다. 진등의 예상은 그대로 적중했다. 조조를 꺾고 천하를 호령할 생각에 골몰했던 원소는 아우의 죽음과 상관없이 유비와 흔쾌히 손을 잡았다.

"지금 즉시 허창의 조조를 공격할 것이다. 유비도 서주의 군사를 총동원하여 조조와 싸워라!"

손건은 나는 듯이 달려와 유비에게 이와 같은 사실을 전했다. 원소가 자신을 대신해 조조와 싸우겠다고 나서니 유비로서는 거절할 이유가 없었다.

원소는 약속대로 30만 대군을 일으켜 조조를 공격했다. 원소군의 선봉은 천하 명장 안량과 문추였다.

원소가 대군을 일으켜 쳐들어오자 조조도 싸울 준비를 했다. 조조는 휘하에 있는 20만 대군을 일으켜 원소를 막게 했다. 그리고 왕평과 유대에게 따로 5만 군사를 주어 서주의 유비를 치게 했다.

마침내 원소와 조조의 대군이 벌판 한가운데서 마주쳤다. 그러나 두 군대는 쉽게 싸움을 벌이지 못했다. 양쪽 모두 수십만 대군이었으므로 서로 눈치만 보았던 것이다. 그러는 사이 몇 달이 훌쩍 지나갔다. 기다리다 지친 조조는 싸움을 조인에게 맡기고 허창으로 돌아갔다.

한편 서주로 떠났던 왕충과 유대도 쉽게 싸움을 벌이지 못했다. 관우와 장비의 용맹을 듣고 겁을 집어먹었기 때문이다. 허창으로 돌아온 조조는 두 장수에게 전령을 보내 속히 서주를 공격하라고 명령했다. 원소가 주춤거리고 있는 사이 서주를 빼앗을 작정이었다.

명령을 받은 왕충과 유대는 군사를 반으로 나누어 서주를 공격했다. 유비는 관우에게 3천 군사를 주어 왕충을 막게 했다. 장비에게도 역시 3천 군사를 주어 유대와 싸우게 했다.

"싸우기는 하되 두 장수를 죽이지는 말라."

유비가 출전하는 관우, 장비에게 신신 당부했다.

관우와 장비가 군사를 몰고 나타나자 왕충과 유대는 겁을 집어먹고 도망쳤다. 때는 초겨울이어서 하늘에서는 함박눈이 하나 둘씩 떨어졌다. 관우는 수염을 휘날리며 조조군을 휩쓸었다. 조조의 군사들은 하얀 눈 위에 피를 뿜으며 쓰러졌다. 마침내 관우는 달아나는 왕충을 따라잡았다.

"이놈, 어딜 도망가느냐."

관우는 한손으로 왕충을 들어올려 자신의 말에 태웠다. 관우에게 사로잡힌 왕충은 눈을 까뒤집은 채 기절했다. 유대 역시 겁쟁이였다. 도망치던 유대는 장비를 만나 제대로 싸우지도 못하고 사로잡혔다.

"관우 장군 만세!"

"장비 장군 만세!"

관우와 장비가 돌아오자 서주 백성들은 만세를 부르며 좋아했다.

관우와 장비는 왕충과 유대를 꽁꽁 묶어 유비에게 끌고 갔다. 두 사람을 보자 유비는 황급히 뛰어와 몸에 묶인 포승줄을 풀어주었다.

"유비는 승상의 은혜를 추호도 잊지 않고 있소이다. 돌아가 승상께 그대로 전해주시오. 차주가 나를 죽이려 했기 때문에 어쩔 수 없이 그를 죽였다고 말이오."

유비는 왕충과 유대를 풀어주고 허창으로 돌아가게 했다. 또한 사로잡은 조조의 군사들도 모두 풀어주었다. 유비는 원소로 하여금 조조와 싸우게 하는 한편 조조와 화해를 시도하여 서주를 지킬 생각이었다.

왕충과 유대가 허창으로 돌아오자 조조는 불같이 화를 냈다.

"이런 멍청한 놈들! 유비를 죽이라고 보냈더니 어찌하여 빈손으로 돌아왔느냐."

조조는 두 장수의 관직을 빼앗고 곤장을 때렸다.

그때 조조에게 기쁜 소식이 전해졌다. 원소가 군사를 거두어 돌아갔다는 내용이었다. 원소가 돌아간 것은 식량이 떨어졌기 때문이다. 어양까지 진출했던 원소는 날이 추워지고 군사들이 얼어 죽자 다음 해 봄을 기약하며 하북으로 돌아갔다.

46. 항복하는 관우

해가 바뀌어 건안 5년이 되었다.

조조는 군사를 기르고 식량을 확보하는 일에 주력했다. 원소와의 싸움에 대비하기 위해서였다. 조조는 농사를 장려하고 다른 나라와 부지런히 교역에 임했다. 풍년이 들어 많은 식량을 확보할 수 있었고 군대는 더욱 강해졌다.

그러던 어느 날 뜻밖의 일이 발생했다. 시의 벼슬에 있던 길평이 조조를 죽이려다가 실패했던 것이다. 길평은 황제의 건강을 돌보던 의원이었다. 두통이 심했던 조조는 길평을 불러 약을 짓게 했다. 길평은 약사발 속에다가 독약을 집어넣어 조조에게 바쳤다. 그러나 이 계획은 실패로 돌아갔다. 연판장을 만들었던 동승의 하인이 모든 계획을 조조에게 밀고한 것이었다.

연판장에 서명했던 조정 대신들이 줄줄이 조조 앞에 잡혀왔다. 동승과 길평은 물론이고 왕자복과 오자란 등이 모두 승상부로 잡혀가 고문을 당하고 죽었다. 조조는 그들의 가족과 함께 삼족을 모두 죽이게 했다. 이렇게 죽은 사람이 자그마치 천여 명이나 되었다. 분이 풀리지 않은 조조는 동승의 딸이며 황제의 아내인 동귀비까지 죽여버렸다.

그러나 조조는 쉽게 잠을 이루지 못했다. 연판장에 서명했던 인물 가운데 서량 태수 마등과 유비가 아직 살아있었기 때문이다.

"안 되겠군. 이번 기회에 유비를 죽이고 서주를 빼앗아야겠다."

조조는 다음날 장수들을 불러놓고 공격 명령을 내렸다.

"우리가 유비를 공격하면 원소가 반드시 허창으로 쳐들어올 것입니다."

정욱과 순욱이 간언했다. 그때 하북으로 염탐을 나갔던 부하가 돌아와 보고했다.

"원소는 아들이 병에 걸려 식음을 전폐하고 치료에 매달려 있습니다."

"하늘이 내린 기회로다!"

조조는 크게 기뻐하여 즉시 서주로 진격 명령을 내렸다.

"조조가 쳐들어옵니다!"

허창에 숨겨두었던 염탐꾼이 나는 듯이 서주로 달려와 보고했다.

"좀 더 자세히 보고하게."

유비는 자리를 박차고 일어났다.

"20만 대군을 다섯 부대로 나누어 막 도성을 출발했습니다."

"드디어 올 것이 오고 말았군."

유비는 길게 한숨을 내쉬었다.

곁에 있던 손건이 작전을 얘기했다.

"서주성에 있다가 성이 함락되면 모두 몰살을 면치 못할 것입니다. 관우 장군을 하비성으로 보내고 주력을 소패로 옮겨 방비하십시오. 그 사이 저는 원소에게 달려가 원군을 요청하겠습니다."

유비는 손건에게 편지 한 통을 써서 하북으로 보내고 가족을 수레에 태워 관우와 함께 하비성으로 보냈다. 미축, 미방 형제에게 서주성을 지키게 하고 유비는 장비, 간옹과 함께 소패성으로 들어가 진을 쳤다. 서주와 소패, 하비가 서로 연계하여 조조의 대군을 맞을 생각이었다.

손건은 유비의 편지를 가지고 하북으로 달려가 원소를 만났다.

"조조가 대군을 동원하여 서주로 내려오고 있습니다. 장군께서는 비어 있는 허창을 공격하십시오."

원소가 고개를 좌우로 흔들었다.

"자식 놈이 중병에 걸려 있는 마당에 어찌 싸움을 할 수 있겠나. 서로 힘을 합쳐 서주를 잘 방비하게. 만약 싸움에 져 갈 곳이 없으면 그땐 이 원소를 찾아오게."

몇 번이나 간청을 했지만 원소는 막무가내였다.

"이렇게 된 이상 목숨을 바쳐 조조와 결전을 치르는 수밖에 없다."

유비가 비장한 목소리로 말했다. 듣고 있던 장비가 불쑥 앞으로 나섰다.

"형님, 앉아서 조조의 칼을 맞느니 차라리 우리가 먼저 기습을 하면 어떻겠습니까? 조조는 먼 길을 오느라 지쳐 있을 것입니다. 제게 얼마간 군사를 주십시오. 한 방에 조조군을 무찌르겠습니다."

얘기를 듣고 나자 유비는 귀가 솔깃해졌다.

"좋다. 오늘 밤 부대를 둘로 나누어 적을 기습하자!"

이때 조조군은 이미 소패성 인근에 이르러 있었다. 소패 근처에 이른 조조가 행군을 멈추고 싸울 준비를 할 때였다. 갑자기 광풍이 불어와 조조의 대장기 두 개가 부러지고 말았다. 깃발이 부러지는 것은 통상 싸움에 지거나 장수가 죽는 것을 의미했다. 기분이 나빠진 조조가 순욱을 불러 물었다.

"장군기가 두 개 부러졌으니 이게 무슨 징조인가?"

순욱이 빙그레 미소를 띤 채 대답했다.

"동남풍에 대장기 두 개가 부러졌으니 적이 동쪽과 남쪽에서 야습해온다는 이야깁니다. 군사를 나누어 야습에 대비하십시오."

조조는 크게 기뻐하여 군사를 여덟 부대로 나누어 산 주변에 둥그렇게 매복시켰다. 아니나 다를까, 밤이 되자 유비와 장비가 군사를 이끌고 동쪽과 남쪽에서 동시에 나타났다.

"조금만 더 기다려라."

조조는 장비와 유비의 군사가 완전히 포위망 안에 들어오기를 기다렸다. 아무것도 모르는 장비와 유비는 발소리를 죽이며 조조군의 진영 안으로 들어왔다. 그런데 빈 막사만 서 있을 뿐 조조군은 보이지 않았다.

"아뿔싸!"

유비와 장비는 깜짝 놀라 군사를 뒤로 물렸다.

"와아!"

사방에서 함성이 일며 조조군이 개미처럼 밀려나왔다. 순식간에 대열이 흐트러지고 군사들이 죽어나갔다. 장비는 장팔사모를 휘두르며 닥치는 대로 적을 찔렀다. 그러나 적은 끝없이 몰려나왔다. 동쪽으로 달려가니 장요가 길을 막았다. 서쪽에서는 허저가 남쪽에서는 우금이 각각 칼을 휘두르며 장비에게 달려들었다. 겨우 북쪽에 이르니 이전이 기다렸다는 듯 장비를 포위했다. 한쪽에서는 서황이 이끄는 기마대가 무차별적으로 유비군을 짓밟았다. 겨우 기마대를 벗어나자 악진이 이끄는 궁수들이 비 오듯 화살을 쏘아댔다.

"이놈들, 어딜 도망가느냐?"

수레에 앉은 조조가 하후돈과 하후연 형제를 거느리고 장비를 쫓아왔다. 원래 조조의 군사들이었던 유비군은 앞다투어 조조군에게 항복했다. 겨우 포위망을 뚫은 장비는 소패성으로 달려갔다. 그러나 소패성으로 가는 길은 온통 조조군 천지였다. 하비성도 마찬가지였다.

"큰일났구나……."

장비는 길게 한탄하며 뒤를 돌아보았다. 장비를 따르는 군사는 채 30명도 되지 않았다. 장비는 할 수 없이 망탄산 방면으로 도망쳤다.

유비 역시 필사적으로 조조의 포위망을 벗어났다. 군사들이 모조리 조조에게 항복하고 따르는 부하는 채 20명도 되지 않았다. 유비는 간신히 소패성으로 가는 길을 열었다. 그러나 소패성엔 빨간 불길이 치솟고 있었다. 성이 이미 조조군에게 함락된 것이었다.

"하비로 가자!"

유비는 말 머리를 돌려 하비성으로 줄행랑을 놓았다. 그러나 하비로 가는 길은 좀처럼 뚫리지 않았다. 가는 길목마다 조조군이 기다렸다는 듯이 달려나왔다. 이제 곁을 지키고 있는 부하는 손건과 간옹밖에 없었다.

"아아, 이제 어디로 간단 말인가."

처참했던 밤이 지나고 점차 날이 밝아왔다. 성을 모조리 빼앗기고 부하들마저 잃은 유비는 처량한 신세가 되었다. 유비는 손건, 간옹과 함께 하북으로 길을 떠났다. 언제라도 자신을 찾아오라고 했던 원소의 말이 생각났기 때문이다.

유비와 장비를 격파한 조조군의 기세는 하늘을 찔렀다.

조조는 그대로 군사를 다그쳐 소패성과 서주성으로 몰려갔다. 유비, 장비가 떠난 소패성은 텅 비어 있어 힘들이지 않고 점령했다. 서주성을 지키던 미축 형제는 조조의 대군이 밀어닥치자 성을 버리고 피신했다. 진등과 진규 부자는 성을 떠나지 않고 남았다가 조조에게 임시로 항복했다.

이제 남은 것은 하비성이었다. 하비성은 관우가 유비의 가족을 데리고 철통같이 방어하고 있었다.

"원소가 움직이기 전에 하비성을 쳐야 하네. 좋은 방법이 없겠는가?"

조조가 함께 전쟁에 참여한 모사 정욱에게 물었다.

"관우가 하비성 안에 있는 한 결코 성문이 열리지 않을 것입니다. 무슨 수를 써서라도 그를 성 밖으로 끌어내야 합니다."

"음, 무슨 좋은 방법이 없겠는가?"

"계교를 써서 유비와 장비가 죽었다고 소문을 퍼뜨리십시오. 관우가 사실을 확인하기 위해 성문을 열고 나오면 그를 유인하여 사로잡아야 합니다."

"그게 좋겠군. 그러나 한 가지 명심해야 될 것이 있다."

조조는 부하 장수들을 모두 들어오게 했다.

"관운장은 인품과 덕을 두루 갖추었고 무예 또한 죽은 여포를 능가하는 천하의 용장이다. 나 조조는 오랫동안 그런 관우를 흠모하여 왔다. 이번 기회에 관우를 내 부하로 만들 생각이니 무슨 일이 있어도 그를 다치지 않게 생포하라!"

조조는 유비와 장비가 죽었다는 소문을 퍼뜨린 뒤 사로잡힌 유비군을 풀어주었다. 유비의 군사들은 관우가 있는 하비성으로 달려가 이와 같은 사실을 보고했다. 그러나 신중한 관우는 끄떡도 하지 않았다.

"형님과 아우가 그렇게 쉽게 죽을 리 없다."

관우는 더욱 굳건히 성을 지켰다.

작전이 실패하자 조조는 다음날 하후돈을 관우에게 보냈다. 하후돈은 군사 5천을 이끌고 하비성으로 달려가 관우에게 외쳤다.

"너는 의리라고는 눈곱만큼도 없는 놈이구나. 의형제를 맺은 유비와 장비가 죽어 까마귀밥이 되었는데 성 안에 쥐새끼처럼 숨어 무엇을 하고 있느냐?"

관우가 몸을 부르르 떨며 대답했다.

"이놈, 애꾸눈아. 어디서 겁도 없이 주둥일 놀리느냐."

당장 달려나가 하후돈의 목을 치고 싶었지만 관우는 꾹 참았다. 유비의 가족을 자신이 보호하고 있었기 때문이다.

"수염 긴 촌놈아, 썩 나와 나랑 백 합을 겨뤄보자."

하후돈이 물러가지 않고 종일 약을 올렸다. 화가 머리끝까지 치민 관우는 마침내 3천 군사를 이끌고 하후돈을 향해 달려 나왔다.

"이놈, 내가 마지막 남은 눈알 하나마저 뽑아주겠다."

관우가 눈을 이글거리며 청룡도로 하후돈을 내리쳤다. 몇 번 싸우던 하후돈은 재빨리 말머리를 돌려 달아났다.

"어딜 도망가느냐?"

그러면 그럴수록 하후돈은 자꾸만 관우를 유인했다. 관우는 정신없이 20리나 하후돈을 추격했다.

'앗! 내가 너무 깊이 들어왔구나.'

관우는 한참 만에 정신을 차리고 말을 멈추었다.

"관운장은 목을 내놓고 가시오."

그때 서황과 허저가 관우 앞을 가로막았다.

"이놈들!"

관우는 청룡도를 휘두르며 바람처럼 서황과 허저를 향해 달려나갔다. 서황과 허저는 자신들도 모르게 움찔 뒤로 물러섰다. 관우는 굶주린 한 마리 사자처럼 미친 듯 조조군을 짓밟았다. 적은 죽여도 끝없이 몰려왔다. 갑옷이 창칼에 찔리고 얼굴로 피가 튀었다. 관우는 사력을 다해 길을 뚫었다. 그러나 혼자서 수만 명의 적을 상대한다는 것은 애초부터 불가능했다.

관우는 싸움을 멈추고 눈앞에 보이는 작은 토산으로 말을 몰았다. 어느덧 뉘엿뉘엿 해가 지고 어둠이 내렸다. 조조군은 산을 겹겹이 포위한 채 더는 공격하지 않았다. 관우는 언덕으로 올라가 잠깐 몸을 쉬었다. 저만치 바라다 보이는 하비성에 불길이 치솟았다. 관우가 성을 비운 사이 성이 함락된 것이었다.

"성을 빼앗겼으니 무슨 얼굴로 형님을 뵌단 말인가……."

관우는 눈물을 흘리며 탄식했다

살기를 포기한 관우는 풀밭에 몸을 기대고 마지막 결전을 준비했다. 새벽이 되자 차가운 이슬이 몸을 적셨다. 뜬눈으로 밤을 지새운 관우는 한숨을 쉬며 몸을 일으켰다. 바로 그때였다.

"관운장은 어디 계시오?"

안개 속에서 한 남자가 불쑥 나타났다.

"네놈은 누구냐?"

관우가 눈을 부릅뜨고 물었다.

"나를 모르시겠소? 장요입니다."

장요는 원래 죽은 여포의 부장이었다. 조조에게 사로잡혀 죽게 되었을 때 유비와 관우가 간청하여 장요의 목숨을 구한 일이 있었다.

"장요로군, 무슨 일로 왔소? 나는 항복 따위는 하지 않는 사람이니 허튼 수작은 하지 마시오."

장요가 들고 왔던 물통을 내밀며 말했다.

"내 비록 조 승상에게 항복하여 부하가 되었지만 마음으로 관운장을 흠모한 지 오래 되었소이다. 조조군에게 포위되어 관운장이 죽게 되었다는 얘기를 듣고 이렇게 달려온 길이오."

관우가 코웃음을 쳤다.

"흥! 그래서 나와 함께 조조군을 맞아 싸우겠다는 얘긴가?"

"아니오, 나는 관운장의 목숨을 구하고 싶어 왔소."

"무슨 수로 나를 구한단 말인가?"

"관운장은 유비, 장비와 더불어 하루 한 날 함께 죽기로 도원의 맹세를 하지 않았소? 그런데 어째서 혼자만 죽겠다는 것이오? 지금 서주의 모든 성이 떨어지고 유비와 장비도 행방불명이오. 당분간 조 승상에게 항복하여 기회를 엿보다가 다시 유황숙에게 돌아가시오."

"항복이라니? 듣기 싫소! 당장 산을 내려가시오."

관우는 눈을 부릅뜨고 소리를 질렀다. 장요가 눈물을 흘리며 간청했다.

"유황숙의 가족들은 조 승상이 안전하게 보호하고 있소이다. 관운장이 이곳에서 죽고 나면 누가 그들을 돌볼 것이오?"

유비의 가족 얘기를 듣자 관우는 마음이 흔들렸다. 깊은 생각에 잠겼던 관우가 마침내 입을 열었다.

"항복은 하되 세 가지 조건이 있소이다."

"그게 무엇이오?"

"첫째, 내가 항복하는 대상은 조조가 아니라 황제 폐하요. 둘째, 유황숙의 두 부인과 기타 가족들을 안전하게 보호해주시오. 셋째, 유황숙의 행방을 알게 되는 날 조 승상의 곁을 떠나 유황숙을 찾아가게 해주시오."

"좋소이다. 조 승상에게 여쭙고 오겠소이다."

장요는 눈알이 빠지게 기다리던 조조에게 달려가 관우의 뜻을 전했다.

"과연, 천하 명장이로다. 잠시나마 관우 장군을 곁에 둘 수 있다면 무엇을 망설이리오."

조조는 흔쾌히 관우의 청을 수락했다.

관우는 조조에게 절을 올리고 정식으로 항복했다. 서주를 점령하고 관우까지 부하로 만든 조조는 기쁜 마음으로 허창을 향해 길을 떠났다.

47. 안량과 문추

허창으로 돌아온 조조는 승상부 옆에 집을 마련하여 관우를 머물게 했다. 관우는 저택 안채에 유비의 두 부인을 모시고 자신은 사랑채에서 잠을 잤다. 관우는 매일 책을 읽으며 저택 주변을 철통같이 지켰다.

어느 날 조조는 관우를 불러 황제를 만나게 했다. 일개 장수를 황제에게 소개하는 것은 매우 이례적인 일이었다. 황제는 관우에게 '편장군' 이라는 벼슬을 내렸다. 또한 관우의 긴 수염을 보고 '미염공' 이라는 애칭을 지어주었다. 이때부터 관우의 별명은 미염공이 되었다.

조조는 관우가 편장군 벼슬을 받자 축하 잔치를 열었다.

"관운장도 이제 어엿한 황실의 신하가 되었구려."

조조는 유독 황실의 신하라는 말을 강조했다. 황실의 신하는 곧 조조의 부하를 뜻하는 것이기도 했다.

"승상의 은혜에 감사할 뿐이오."

관우가 굳은 표정으로 대답했다. 조조가 눈을 가늘게 뜨고 물었다.

"유황숙이 생각나지 않으시오?"

"조 승상의 은혜는 새롭고 유황숙의 의리는 오래된 것입니다."

조조에게 감사의 마음을 표하는 동시에 유황숙을 잊지 않고 있음을 나타내는 말이었다. 아무리 좋은 음식이 나와도, 아름다운 음악이 울려도 관우는 기뻐하거나 웃지 않았다.

다음날 조조는 수레에 각종 보석을 가득 실어 관우에게 선물로 보냈다. 관우는 그것을 받아 그대로 방 한구석에 쌓아 두었다.

그로부터 며칠 뒤였다. 그 날도 조조는 관우를 불러 저녁이 되도록 술잔을 기울였다. 밤이 깊어 관우가 승상부를 나설 무렵이었다. 조조는 친히 밖으로 나와 관우를 배웅했다. 그때 관우가 탄 말을 유심히 살피던 조조가 물었다.

"공의 말은 어찌하여 저리 비쩍 말랐소?"

"제 몸이 워낙 무거워 말이 늘 고생입니다."

무엇을 생각했는지 조조의 두 눈이 반짝 빛났다.

'마침내 관우를 내 부하로 만들 좋은 기회가 왔구나.'

조조는 옆에 있던 시종을 시켜 자신이 타던 말을 끌고 오게 했다. 온몸이 붉은 털로 뒤덮인 크고 웅대한 말이었다.

"관운장, 이 말을 알아보시겠소?"

관우는 넋을 잃고 시종이 끌고 온 말을 바라보았다.

"이, 이것은 여포가 타던 적토마가 아닙니까?"

조조가 입가에 미소를 띤 채 말고삐를 관우에게 내밀었다.

"그렇소. 천하의 명마가 이제야 주인을 만났구려."

관우의 얼굴이 기쁨으로 물들었다. 조조를 만난 이후 단 한 번도 웃지 않았던 관우였다.

"고맙습니다, 승상!"

관우가 엎드려 절을 올렸다.

"이까짓 짐승 한 마리에 무얼 그리 기뻐하시오?"

조조가 정색을 하고 물었다.

"적토마는 하루에 천 리를 달린다는 말이 아닙니까? 유황숙이 계신 곳을 알면 한걸음에 달려갈 생각입니다."

"윽!"

조조는 관우에게 적토마를 선물한 것을 금방 후회하였다.

다음 날 장요가 관우를 찾아와 말했다.

"관운장은 사람이 어찌 그리 야박하시오? 승상께서 자신이 아끼는 적토마를 내어주지 않았소."

관우가 침착하게 대답했다.

"내 어찌 조 승상의 은혜를 모르겠나. 하지만 나는 이미 유황숙과 함께 죽기로 맹세를 한 몸이네. 사나이가 어찌 두 주인을 섬길 수 있겠나. 하지만 너무 걱정하지 말게. 조 승상께 은혜를 갚지 않는 한 선불리 유황숙을 찾아가지 않을 것이네."

장요는 승상부로 들어가 관우의 뜻을 그대로 전했다.

"관우의 의리가 참으로 눈물겹구나."

이야기를 전해들은 조조는 거듭 감탄을 금치 못했다.

그때 옆에 있던 순욱이 조조에게 건의했다.

"승상께서는 어찌 관운장만을 사랑하십니까? 다른 장수들의 사기가 말이 아닙니다. 무슨 수를 써도 관우의 마음을 돌릴 수는 없는 노릇이니 차라리 이번 기회에 관우를 제거하십시오."

조조가 고개를 흔들었다.

"관우처럼 의리 있는 장수를 죽이면 천하 백성이 나를 비웃을 것이네."

장요가 말했다.

"관운장이 공을 세운 뒤 유황숙을 찾아가겠다고 했으니, 그에게 공을 세울 기회를 주지 마십시오."

"음, 그것도 좋은 방법이군. 하지만 싸우지 않는 장수를 잡아 두어서 무엇을 하겠나."

조조는 쓸쓸한 듯 입맛을 다셨다.

얼마간 계속되던 평화는 오래지 않아 깨졌다. 하북의 원소가 대군을 이끌고 허창으로 쳐들어왔던 것이다. 원소의 마음을 움직여 조조를 치게 한 사람은 유비였다. 조조와의 싸움에 패한 유비는 곧장 기주로 달려가 원소에게 몸을 맡겼다. 흩어진 가족과 형제를 생각하며 복수의 칼을 갈던 유비는 조조를 치자고 여러 차례 원소를 설득했다.

원소군의 선봉은 천하에 이름이 드높은 맹장 안량이었다. 원소가 공격해 온다는 소식을 듣자 관우는 즉시 조조를 찾아갔다.

"은혜를 갚고 싶습니다. 이번 싸움에 저를 선봉으로 보내주십시오."

관우는 원소군 속에 꿈에도 그리던 유비가 섞여 있음을 알지 못했다. 관우가 공을 세우고 떠날 것을 두려워한 조조는 고개를 흔들었다.

"다른 장수들이 많이 있으니 관운장은 허창에 남아 계시오."

조조는 15만 대군을 일으켜 안량이 오고 있는 백마 벌판으로 달려갔다. 조조는 벌판 가운데 있는 낮은 토산에 진영을 세우고 원소군을 바라보았다. 안량이 이끄는 10만 병력이 깃발을 휘날리며 달려와 조조군 앞에 멈추었다.

안량을 보자 조조는 문득 한 장수를 소리쳐 불렀다.

"송헌은 나가서 안량의 목을 베어 와라!"

송헌은 여포를 사로잡아 조조에게 바쳤던 장수였다. 조조가 자신의 이름을 부르자 송헌은 크게 기뻐하여 적진으로 달려나갔다. 송헌이 다가오자 안량도 창을 휘두르며 마주 달려나갔다. 그러나 송헌은 안량의 적수가 아니었다. 싸운 지 불과 5합 만에 송헌의 머리가 땅으로 떨어졌다.

안량은 본래 이민족 출신이었다. 머리는 사나운 개를 닮았고 몸은 원숭이와 흡사한 장수였다. 안량은 말을 자유자재로 다루었으며 누구도 따라올 수 없는 신비한 검술을 자랑했다.

"제가 가서 안량을 죽이겠습니다."

이번에는 위속이 나섰다. 위속은 한때 여포의 부하였으며 죽은 송헌의 친구였다. 그러나 위속 역시 안량의 상대가 아니었다. 10합 만에 위속은 안량의 칼에 찔려 말에서 떨어졌다.

"음, 듣던 대로 무서운 장수다. 이번에는 누가 나가 안량의 목을 벨까."

"제가 가겠습니다."

조조의 물음에 서황이 도끼를 들고 뛰어나갔다. 서황은 섬서 출신으로 원래 이각의 부하였다. 이각이 연일 폭정을 일삼자 조조에게 항복하여 부하가 된 터였다.

"여기, 서황이 있다. 안량은 썩 나와라!"

서황이 도끼춤을 추며 안량을 향해 달려갔다. 서황은 조조의 부장 중에 가장 무예가 뛰어난 장수 가운데 하나였다. 그러나 천하의 서황도 안량의 적수가 되지 못했다. 서황은 50합이나 안량의 칼을 받다가 실수로 도끼를 떨어뜨렸다. 안량이 기회를 놓치지 않고 칼을 내밀었다. 서황은 간신히 목숨을 건져 조조군 진영으로 도망쳤다.

날이 어두워져 싸움이 일시 중지되었다. 장수를 두 명이나 잃은 조조는 비참한 마음이 되어 잠을 이루지 못했다. 그때 모사 정욱이 들어와 말했다.

"안량을 이길 장수는 관운장밖에 없습니다."

조조가 얼굴을 찡그렸다.

"관우는 공을 세운 즉시 유비를 찾아 떠날 걸세."

"그렇지 않습니다. 유비가 살아있다면 반드시 원소에게 몸을 의지하고 있을 것입니다. 관우를 불러 안량을 죽이면 화가 난 원소는 반드시 유비를 해칠 것입니다. 유비가 죽고 나면 관우는 영영 승상 곁을 떠나지 않을 것입니다."

"참으로 기가 막힌 계교로다."

조조는 즉시 전령을 허창으로 보내 관우를 백마로 오게 했다. 연락을 받은 관우는 적토마에 올라 날이 새기도 전에 달려왔다.

조조는 관우를 반갑게 맞이하면서 어제의 싸움을 설명했다.

"원소 밑에 안량이라는 괴물이 있으니 어찌하면 좋겠소?"

"잠시만 기다려주십시오."

관우는 적토마에 박차를 가해 원소군 진영으로 내달았다. 오랫동안 싸움을 하지 않았던 적토마는 갈기를 휘날리며 우렁차게 울었다. 조조군은 모두 일어서서 숨을 죽이고 관우의 행동을 지켜보았다.

"조무래기들은 썩 꺼져라! 안량은 어디 있느냐?"

적토마가 달리는 곳마다 원소군은 나무가 쓰러지듯 뒤로 자빠졌다.

"음, 조조군에 저런 장수가 있었다니."

안량이 말에 올라 관우를 향해 달려가려 할 때였다.

"네가 안량이냐?"

안량이 미처 대답을 할 사이도 없이 청룡도가 '윙!' 소리를 내며 날아왔다. 동시에 안량의 머리가 피를 내뿜으며 공중으로 솟구쳤다. 관우는 청룡도 끝으로 떨어지는 안량의 목을 꿰어 안장에 매달았다.

"무엇들 하느냐? 어서 공격하라!"

보고 있던 조조가 신이 나서 떠들었다.

"와아!"

사기가 오른 조조군은 함성을 지르며 그대로 원소군을 덮쳤다. 믿었던 안량이 죽자 원소군은 싸울 기력을 잃고 뒷걸음질쳤다. 순식간에 백마 벌판이 죽은 자의 시체로 뒤덮였다. 살아남은 원소군은 말과 식량을 그대로 놓아둔 채 본진으로 도망쳤다.

"여기, 안량의 목이 있소이다."

싸움이 끝나자 관우는 조조 앞에 안량의 머리를 바쳤다.

"장군은 사람이 아니라 귀신인가 보오."

조조는 혀를 내둘렀다. 지켜보고 있던 조조의 여러 부하 장수들도 이구동성으로 관우의 용맹을 칭찬했다.

관우가 차분한 음성으로 대답했다.

"저는 아무것도 아닙니다. 제 아우인 장비는 대군 속에서 사람 목 자르기를 주머니 속에서 물건 꺼내듯 합니다. 천하 명장 여포조차 장비를 보면 도망가기 바빴으니까요."

"그, 그게 사실인가?"

듣고 있던 조조는 간담이 서늘해졌다.

안량이 죽자 원소는 문추를 새로운 선봉장에 임명했다. 그런 다음 유비에게 따로 3만 군사를 주어 문추를 뒤따르게 했다. 문추는 안량과 더불어 원소군의 쌍벽을 이루는 무서운 장수였다. 특히 달리는 말 위에서 화살을 잘 쏘았는데, 쏘았다 하면 백발백중이었다.

"죽은 안량의 복수를 하고 조조를 사로잡아라!"

문추가 10만 군사를 이끌고 질풍처럼 달려왔다. 조조군은 장요과 서황이 선봉이 되어 문추를 맞이했다.

"원소의 개야, 내 칼을 받아라!"

장요가 곧장 문추를 향해 달려들었다. 문추는 옆에 끼고 있던 철궁을 꺼내 굵은 화살을 먹였다. 장요가 미처 피할 사이도 없이 화살이 날아와 얼굴에 꽂혔다.

"으악!"

장요가 외마디 비명을 지르며 말에서 떨어졌다.

문추가 재빨리 달려와 장요의 목을 베려 했다. 지켜보고 있던 서황이 도끼를 휘두르며 문추를 막아섰다. 그 사이 장요는 기다시피 자기 진영으로 도망쳤다. 문추와 서황은 30합이나 불꽃 튀는 접전을 벌였다. 그러나 서황은 문추의 적수가 되지 못했다. 문추의 칼이 서황의 등을 막 찌르기 직전이었다.

"문추는 칼을 멈추어라!"

호통과 함께 저승사자처럼 생긴 장수가 나타났다.

"오냐, 안량을 죽인 자가 바로 네놈이로구나!"

서황을 놓아주고 문추가 화살을 꺼내 재빨리 쏘았다. 화살이 '피융!' 소리를 내며 날아와 관우의 수염을 반으로 갈라놓았다.

"이놈! 남의 수염을 건드리다니."

관우는 화가 머리끝까지 치밀었다. 관우의 청룡언월도와 문추의 칼이 바람을 갈랐다. 30합이 지나가자 문추는 팔에 기운이 빠져 더는 싸울 수 없었다. 문추는 싸움을 멈추고 도망치기 시작했다. 관우가 무서운 기세로 그 뒤를 쫓았다. 문추가 철궁을 꺼내들어 연거푸 쏘았다. 관우는 청룡도로 날아오는 화살을 쳐냈다. 문추가 세 번째 화살을 쏘려고 할 때였다. 쫓아오던 관우의 모습이 감쪽같이 보이지 않았다. 적토마가 문추의 말을 앞질러버린 것이었다.

"날 찾느냐?"

관우가 벼락 치듯 소리를 지르며 청룡도를 휘둘렀다. 놀란 문추의 목이 바닥으로 나뒹굴었다. 원소군 진영은 벌집을 쑤셔 놓은 듯 들끓었다. 마침내 안량과 문추를 죽인 장수가 관우라는 사실이 밝혀졌다. 원소가 눈을 부라리며 호령했다.

"당장 유비 놈을 잡아와라!"

유비가 밧줄에 묶여 끌려오자 원소가 펄쩍뛰며 소리쳤다.

"네 이놈, 오갈 데 없는 놈을 받아준 은혜를 잊었더냐? 어찌 조조와 내통하여 내 부하들을 죽인단 말이냐. 당장 저놈 목을 베어 조조군 진영으로 내던져라."

유비가 차분하게 대답했다.

"장군은 제 이야기를 들어보시구려. 관우가 조조군에 붙어 있는 것은 형인 내가 여기 있는 것을 모르기 때문이오. 내가 여기 있는 것을 알면 관우는 조조를 버리고 금방이라도 달려 올 것이오. 관우를 얻는다면 안량과 문추와는 비교도 되지 않을 것이오."

"그럼, 즉시 편지를 써서 관우에게 보내시오."

원소는 화를 풀고 유비를 풀어주었다.

싸울 기력을 잃은 원소는 며칠 뒤 군사를 거두어 하북으로 떠났다.

48. 적토마여, 달려라

원소가 물러가자 조조도 군사를 거두어 허창으로 돌아왔다.

다음 날 조조는 큰 잔치를 열어 싸움에 지친 군사들을 위로했다.

"이번 싸움에 이길 수 있었던 것은 오로지 관운장의 덕이오."

조조는 관우를 극구 칭찬하고 전보다 더 곁에 가까이 두었다.

그로부터 며칠이 지난 어느 날이었다. 낯선 사내 하나가 은밀히 관우를 찾아왔다. 옷차림이 허름하고 말투에는 하북 사투리가 섞여 있었다.

"유황숙 어른께서 보내신 편지를 가지고 왔습니다."

"뭐? 유황숙이라고?"

관우의 동공이 금방이라도 눈물을 떨어뜨릴 듯 흔들렸다.

"쉿! 조용히 하십시오. 유황숙 어른은 지금 하북 원소 장군 휘하에 계십니다."

관우는 떨리는 손으로 편지를 뜯어보았다.

안량과 문추를 죽인 일은 걱정하지 않아도 되네
아우는 속히 조조를 떠나 하북으로 오게

틀림없는 유비의 글씨였다. 관우는 눈물을 흘리며 편지를 향해 세 번 절을 올렸다.

전령을 보낸 뒤 관우는 안채로 들어가 유비의 두 부인에게 소식을 전했다.

"틀림없이 살아 계실 줄 알았습니다."

부인들 역시 눈물을 흘리며 당장 하북으로 떠나자고 졸랐다.

관우는 하인들에게 짐을 꾸리게 한 뒤 승상부를 찾아갔다. 공을 세우면 조조를 떠나도 된다는 약속을 했기 때문이다. 그냥 떠날 수도 있었지만 항복을 한 몸이었으므로 조조의 승낙을 받아야 했다.

관우가 떠나려 한다는 사실은 곧 승상부에 보고 되었다. 관우가 자신을 찾아오자 조조는 승상부 정문에 '회피패'를 내걸었다. 회피패는 몸이 안 좋거나 사람을 만나고 싶지 않을 때 관리들이 문 밖에 내거는 일종의 안내문이었다.

다음 날도 관우는 승상부를 찾아갔다. 조조는 역시 아무도 만나지 않겠다는 뜻을 전해왔다. 다음 날도, 그 다음 날도 변함없이 회피패가 걸려 있었다.

"의리 없이 그냥 떠날 수도 없고 승상이 날 만나주지 않으니 큰일이군."

관우는 한숨을 쉬며 친분이 있던 장요를 찾아갔다. 장요 역시 병을 핑계로 관우를 만나주지 않았다. 관우가 무슨 이야기를 할지 뻔히 알고 있었기 때문이다.

"음, 할 수 없다!"

관우는 더 이상 기다릴 수 없어 마지막으로 승상부를 찾아갔다. 승상부 문은 굳게 닫혀 있었다.

관우는 조조에게 작별의 글을 써서 보낸 뒤 출발 명령을 내렸다. 수레에 감부인과 미부인이 타고 20명의 군사들이 호위했다. 20명의 군사들은 관우가 조조에게 항복할 때부터 함께 했던 서주 군사들이었다.

관우가 북쪽 성문에 이르렀을 때였다. 성문을 지키던 수비병들이 앞을 가로막았다.

"승상의 통행증이 없으면 누구도 성문을 나갈 수 없습니다."

수비병이 난감한 표정을 지었다.

"그래도 나는 가야겠다. 수레에 손을 대는 자가 있으면 누구든지 머리가 온전치 못할 것이다."

관우가 버럭 소리를 지르자 수비병들은 혼비백산하여 문을 열어주었다.

관우가 북문을 빠져나갔다는 소식이 승상부에 전해졌다.

"기어이 관우가 떠났구나……."

조조는 승상부 문을 활짝 열고 멀리 북문 쪽을 바라보았다. 조조가 침통한 얼굴로 서 있자 한 장수가 들어와 말했다.

"제게 철기군 3천만 주십시오. 지금 즉시 달려가 관우를 사로잡겠습니다."

그는 원비 장군 채양이었다. 채양은 조조가 관우를 아끼자 이를 시기하여 늘 질투하던 처지였다.

옆에 있던 정욱이 채양의 말을 받았다.

"관우를 살려두면 원소의 발톱이 되어 우리를 할퀼 것입니다. 속히 제거하십시오."

그러나 조조는 고개를 흔들었다.

"유황숙을 찾아 하북으로 갈 뿐 관운장은 절대로 원소 편에 가담하지 않을 것이다. 작별 인사를 하지 못했으니 인사나 나누어야겠다."

조조는 장요를 불러 급히 관우가 떠난 방향으로 달려가게 했다. 명령을 받은 장요는 나는 듯이 북문을 빠져나갔다.

"관운장! 잠시만 수레를 멈추시오."

장요는 오래지 않아 관우 일행을 따라잡았다.

"자네가 웬일인가?"

관우가 의심의 눈초리로 물었다.

"승상께서 인사를 나누시겠답니다. 잠시만 쉬었다가 가십시오."

"승상께서 몸소 이곳까지 오신단 말이오?"

"물론입니다."

"아하……."

관우는 자신도 모르게 마음이 뜨거워졌다.

관우는 수레를 먼저 떠나게 한 뒤 패릉교라는 다리 위로 가서 조조를 기다렸다. 많은 군사를 막으려면 좁은 다리가 유리했기 때문이다.

장요의 말은 사실이었다. 조금 기다리자 조조가 수십 명의 부장을 대동한 채 빠르게 말을 달려왔다. 하후돈, 서황, 허저, 우금 등 하나같이 쟁쟁한 장수들이었다. 그들은 무기를 들지 않은 관복 차림이었다.

"관운장, 어찌 인사도 없이 떠나시오?"

조조가 감정에 복받쳐 소리쳤다.

"회피패가 걸려 있어 번번이 발길을 돌려야 했습니다.

관우는 머리를 숙여 진심으로 용서를 구했다.

"회피패를 걸어둔 이유는 관운장이 나를 떠날까봐 두려워서였소. 기왕 가는 마당이니 노자나 넉넉히 가지고 가시구려."

조조는 황금이 가득 들어있는 상자를 관우에게 내밀었다.

"전에 내리신 물건들이 넉넉하여 특별히 노자가 필요하지 않습니다. 거두어 주십시오."

관우는 한사코 사양하며 받지 않았다. 그러자 조조는 자신이 입고 있던 비단 전포를 벗어 관우에게 내밀었다.

"할 수 없구려. 그렇다면 헤어짐의 증표로 이 전포라도 받아주시구려."

"감사히 받겠습니다. 승상이 베풀어주신 은혜를 어찌 잊겠습니까. 반드시 갚을 날이 있을 것입니다."

말을 마친 관우는 긴 수염을 휘날리며 나는 듯이 사라졌다.

"한 나라의 승상이 일개 장수를 배웅하러 여기까지 나왔거늘 관우는 무얼 믿고 저리 무례한가."

허저가 주먹을 불끈 쥐며 소리쳤다. 조조가 만류했다.

"그냥 두어라. 말린다고 가지 않을 관우가 아니다."

조조는 한숨을 내쉰 뒤 두 부하들을 이끌고 승상부로 돌아갔다.

관우는 쏜살같이 말을 달려 수레를 따라 잡았다. 그런데 뜻밖의 상황이 관우의 눈에 들어왔다. 수백 명이나 되는 건장한 사내들이 수레를 둘러싸고 있었던 것이다.

"웬 놈들이냐! 썩 물러가라!"

깜짝 놀란 관우가 청룡도를 휘두르며 달려들었다. 그러자 무리의 대장으로 보이는 사내가 무릎을 꿇고 관우에게 말했다.

"저는 요화라는 사람으로 인근 산에서 도적질을 하는 미천한 놈입니다."

"산적 주제에 무슨 이유로 수레 곁에 얼씬거리느냐?"

관우가 눈알을 부라리며 물었다.

“수레에 타고 계신 분들이 유황숙의 가족이라고 들었습니다. 저희가 비록 못난 놈들이지만 사람을 알아보는 눈은 있습니다. 저희를 부하로 삼아주십시오. 가시는 곳까지 모셔다 드리겠습니다.”

“산적들이 어찌하여 수레를 호위하겠다는 건가?”

요화가 눈물을 흘리며 간청했다.

“저희들이라고 언제까지 산적질만 할 수는 없지 않습니까? 거두어주시면 목숨을 다해 충성하겠습니다.”

관우가 한참 생각한 끝에 대답했다.

“그대의 뜻은 가상하나 지금으로서는 많은 호위 병력이 필요 없네. 자리가 잡히면 사람을 보낼 테니 그때 우리가 있는 곳으로 달려오게.”

관우는 요화과 굳게 약속하고 하북으로 수레를 재촉했다. 그러나 하북으로 가는 길은 쉽지 않았다. 하북으로 가기 위해서는 다섯 개의 관문을 지나야 했다.

때는 가을이었다. 서늘한 가을바람을 가르며 관우는 산과 들을 지났다. 낙양 근처에 이르러 첫 번째 관문을 만났다. 동령관이라 불리는 곳으로 공수라는 장수가 지키고 있었다.

“그대는 관우 장군이 아니시오?”

수염을 본 수비대장 공수가 관문 위에서 물었다.

"그렇소. 하북으로 가는 길이니 속히 관문을 열어주시오."

"하북의 원소와 승상과는 원수 관계가 아니오? 하북으로 가려면 승상의 통행증이 있어야 합니다."

"급히 오느라 깜박 잊었소이다. 속히 문을 여시오."

공수가 단호하게 말했다.

"국법을 어길 수는 없습니다."

"당장 문을 열지 못할까?"

관우가 버럭 소리를 질렀다.

"지나가려거든 목숨을 내놓아라!"

공수가 신호를 보내자 5백 명이나 되는 군사가 우르르 쏟아져 나왔다.

"이놈들, 어디 막아 봐라!"

관우가 큰 소리로 호통치며 앞장서 길을 열었다. 공수를 비롯한 수십 명의 군사가 순식간에 목숨을 잃었다. 남은 군사들은 무기를 버리고 순순히 길을 열어주었다.

다른 관문에서도 비슷한 상황은 반복되었다. 낙양성을 지날 때는 태수 한복이 길을 막아서다가 목숨을 잃었다. 기수관에서는 변희가, 형양에서는 태수 왕식이, 황하 인근에서는 강을 지키던 진기가 차례로 목이 달아났다.

길고 긴 여행 끝에 마침내 관우는 황하에 이르렀다. 황하를 중심으로 남쪽은 하남, 북쪽은 하북이었다.

"아아, 내가 죄 없는 많은 장수들을 죽였구나. 조조에게 못 할 짓을 하고 말았으니 이 일을 어찌하면 좋을까."

관우는 배를 타고 무사히 황하를 건넜다.

49. 다시 만난 형제들

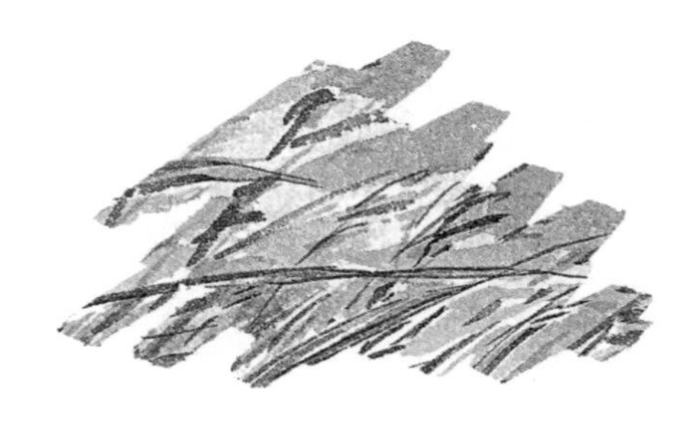

강 북쪽은 원소가 다스리는 지역이었다.

배에서 내릴 무렵 말을 탄 무사 하나가 손을 흔들며 달려왔다.

"관운장은 잠시 걸음을 멈추시오."

그는 지난번 서주성 싸움 이후 소식을 알지 못했던 손건이었다. 손건은 관우가 온다는 소식을 듣자 유비를 대신하여 마중을 나온 터였다.

"오오, 살아 계셨구려."

관우와 손건은 서로를 얼싸안고 기뻐했다. 손건은 유비의 두 부인이 무사한 걸 확인하자 눈물을 흘렸다.

"유황숙께서 기다리고 계십니다. 속히 출발합시다."

손건이 앞장서 길을 안내했다.

강을 건너고 벌판을 지나 길은 끝없이 이어졌다. 며칠 뒤 그들은 와우산이라는 곳에 도착했다. 나무가 울창하고 길도 제대로 나 있지 않은 곳이었다.

산등성이에 다다랐을 무렵이었다. 갑자기 머리에 노란 두건을 동여맨 산적들 수백 명이 수레를 포위했다.

"우리는 황건적의 부장 배원소와 주창이다. 길을 통과하려거든 통행세를 내놓고 가라!"

관우가 코웃음을 쳤다.

"황건적 쥐새끼들이 아직도 남아 있었구나. 오냐, 오늘 이 관운장이 너희들의 목숨을 모조리 빼앗아주마!"

그때 놀라운 일이 벌어졌다. 황건적들이 모두 무기를 내던지고 땅에 엎드리는 게 아닌가.

"뭐 하는 짓들이냐?"

관우가 놀라 물었다.

"관우 장군님이 틀림없으시군요. 우리가 비록 산적 노릇을 하고 있지만 늘 장군을 흠모하여왔습니다. 부디 저희들을 맡아주십시오."

"나보고 산적 두목이 되 달란 얘긴가?"

수백 명의 산적들이 부하가 되겠다고 나서자 관우는 입장이 난처해졌다.

"이곳에 계실 수 없다면 우리가 장군을 따라가 모시겠습니다."

"음, 그렇다면 이렇게 하기로 하세. 주창을 데리고 갔다가 조만간 자리가 잡히면 자네들을 부르러 보내겠네. 그때까지 도적질일랑 일체 하지 말고 무예를 연마하며 기다리게."

배원소는 눈물을 흘리며 관우를 보내주었다.

다음 날 그들은 여남 땅에 도착했다. 망탕산 옆을 지나갈 때였다. 무심코 눈길을 돌리던 관우는 산 중앙에 자리 잡은 오래된 고성 하나를 발견했다. 안에 사람이 기거하는지 밥 짓는 연기가 모락모락 피어올랐다.

관우는 이상한 느낌이 들어 산적 두목이었던 주창을 불렀다.

"이 깊은 산중에 웬 성인가?"

주창은 주변을 지나가던 사냥꾼 한 명을 관우 앞에 데려왔다.

"저 고성은 아주 오래 전부터 이곳에 있었습니다. 낡고 무너져 잡초만 무성한 성이었는데 두어 달 전 장비라는 자가 수십 명의 부하를 이끌고 나타나 성에 자리를 잡았습니다. 무너진 성을 수리하고 주변의 도적들을 하나둘 소탕하더니 지금은 그 수가 5천 명이나 됩니다."

두어 달 전이라면 서주가 조조군에게 짓밟히던 때였다. 성이 함락되자 장비는 남은 군사를 이끌고 이곳으로 도망쳤던 것이다.

"아, 내 아우 장비가 살아 있었구나……."

어느새 관우의 눈가에 굵은 눈물이 맺혔다. 관우는 뛸 듯이 기뻐하며 고성을 향해 수레를 몰게 했다. 이런 소식은 곧 장비에게 전해졌다.

"뭐? 수염 긴 놈이 수레를 몰고 온다고?"

장비는 직감적으로 그가 관우라는 것을 알았다. 장비는 급히 갑옷과 투구를 갖추고 장팔사모를 움켜잡았다.

"의형제 관운장이 오셨는데 어째서 싸울 준비를 하십니까?"

부하들이 의아한 얼굴로 장비에게 물었다. 장비는 아무런 대꾸도 하지 않고 군사 1천 명을 선발하여 북문으로 달려갔다.

그때 관우가 이끄는 수레는 이미 성문 밖에 도착해 있었다. 관우는 장비가 나오는 것을 보자 말에서 뛰어내려 장비를 향해 달려갔다.

"오, 장비. 아우가 살아 있었구나……."

그때 뜻밖의 상황이 발생했다. 눈을 부릅뜬 장비가 장팔사모를 길게 뻗어 관우를 찔렀던 것이다. 장팔사모는 관우의 수염을 스치면서 가까스로 목을 빗나갔다.

관우가 깜짝 놀라 소리쳤다.

"아니, 이놈이 미쳤나? 날세, 자네 형 관우일세."

장비가 호랑이 수염을 빳빳하게 세우고 버럭 소리를 질렀다.

"조조의 더러운 개야. 무슨 낯짝으로 나를 찾아왔느냐?"

관우는 억울한 생각이 들어 눈물이 날 뻔했다.

"그게 무슨 소리냐? 나는 조조에게 항복을 한 것이 아니라 황제 폐하에게 항복하였다. 더구나 형님의 가족을 구하고……."

"그 무슨 개소리냐. 그래서 조조가 내린 벼슬을 넙죽 받았더냐."

장비가 장팔사모를 쭉 뻗었다. 관우는 할 수 없이 청룡도를 들어 장비의 창을 막았다. 장비와 관우가 싸우는 어처구니없는 상황이 벌어진 것이었다. 두 장수는 엉겁결에 50합이나 서로 치고 받았다.

그때 수레 주렴이 열리고 감부인과 미부인이 황급히 달려왔다.

"장군은 창을 멈추시오."

"아니, 형수님들이 살아 계셨다니……."

유비의 두 부인을 보자 장비는 어린아이처럼 엉엉 울음을 터뜨렸다.

"장 장군은 이제 그만 오해를 푸세요. 앞을 막는 조조의 군사들과 싸우며 관우 장군은 목숨을 걸고 수레를 호위했습니다."

감부인이 나서서 관우와 함께 5관을 통과한 얘기를 들려주었다.

"그렇다면 어디로 가시는 길입니까?"

장비가 눈물을 닦고 물었다.

"유황숙 어른은 지금 하북의 원소 밑에 계십니다."

"아아, 형님이 살아 계셨구나."

장비는 유비가 있는 하북을 향하여 절을 올렸다.

"관 장군이 허창에 머문 것은 그럴 만한 사정이 있어서였어요. 이제 그만 노여움을 푸시는 게 좋겠어요."

미부인이 장비에게 거듭 화해를 종용했다.

"아우가 무례를 저질렀습니다. 용서하십시오."

장비가 비로소 오해를 풀고 관우에게 절을 올렸다.

"괜찮네. 우리가 이렇게 다시 만났으니 얼마나 다행한 일인가."

관우는 두 손으로 장비의 손을 잡아 일으켰다.

그때 장비의 부하 하나가 뛰어들어와 보고했다.

"정체를 알 수 없는 무사들이 남문으로 오고 있습니다."

장비가 고개를 갸웃거리며 남문으로 달려갔다. 뜻밖에도 그들은 미방과 미축 형제였다.

"아니 이게 누구요?"

장비는 반가움에 말에서 훌쩍 뛰어내렸다.

"서주에서 조조에게 패한 뒤 이곳저곳을 떠돌고 있었습니다. 마침 이곳을 지나다가 망탕산에 장씨 성을 가진 장수가 있다는 소식을 듣고 혹시나 하여 들렀던 참입니다."

"잘들 와 주셨소. 이제 큰 형님만 만나면 모두가 다시 만나게 되는 셈이구려."

장비는 돼지와 소를 잡게 하고 큰 잔치를 베풀었다.

"그나저나 형님은 정말로 하북의 원소에게 갈 생각이었소?"

잔치가 무르익을 무렵 장비가 관우에게 물었다.

"이제 그럴 필요가 없어졌네."

관우가 고개를 좌우로 흔들었다.

"아니 그게 무슨 말씀이슈?"

"형님이 원소 밑에 머문 것은 마땅히 가실 곳이 없었기 때문이네. 부족하지만 우리에게 이만한 성이라도 있으니 형님을 이리로 모셔오는 게 좋겠네."

가만히 듣고 있던 손건이 끼어들었다.

"원소가 순순히 황숙 님을 보내줄지 의문입니다."

"내일 날이 밝는 즉시 기주로 달려가 형님을 만날 생각이네. 만나 보면 좋은 방법이 생기겠지."

"형님에겐 제가 가겠습니다."

장비가 손을 번쩍 들었다.

"자네가 가면 이 산성은 누가 지키겠나. 자네는 이곳에 남아 두 형수님을 잘 지켜주게. 내가 쥐도 새도 모르게 조용히 갔다 오겠네."

다음 날 관우는 손건과 주창을 데리고 성을 떠났다. 며칠 뒤 세 사람은 와우산 인근에 도착했다. 무슨 생각을 했는지 관우가 주창에게 지시했다.

"와우산은 자네 부하들이 있는 곳이 아닌가? 와우산에 들어가 배원소를 만난 뒤 부하들과 함께 큰길로 내려와 나를 기다리게."

혹시나 뒤를 쫓아올지 모를 원소의 군사들을 막기 위해서였다.

며칠 뒤 관우와 손건은 유비가 있는 기주로 무사히 잠입했다. 관우는 성문 밖에 있는 관정이라는 노인의 집에 여장을 풀었다. 밤이 깊어지기를 기다려 손건은 홀로 샛길을 통해 성 안으로 들어갔다.

그날 밤 유비는 잠을 이루지 못하고 있었다.

"주무십니까?"

누군가 창문 밖에서 조심스럽게 유비를 불렀다. 유비는 깜짝 놀라 창문을 열어 젖혔다.

"손건이 돌아왔군."

유비는 재빨리 손건을 방으로 불러들였다. 손건은 관우가 조조를 떠난 일을 비롯하여 장비를 만나게 된 일까지 자초지종을 설명했다.

"모두 무사히 살아 있었구나. 이는 필시 하늘이 우리가 맺은 도원의 맹세를 지켜보고 계심이다."

유비는 얼굴을 활짝 펴고 기뻐했다.

"속히 이곳을 떠나 망탕산으로 가십시오."

손건의 말에 유비가 한숨을 내쉬었다.

"그나저나 무슨 핑계를 대고 원소 곁을 떠난단 말인가?"

손건이 눈을 빛내며 말했다.

"간옹이 있지 않습니까. 그와 상의하면 좋은 묘안을 마련해 줄 것입니다."

간옹은 서주성 싸움 이후 유비와 함께 하북으로 들어온 모사였다.

다음 날 유비는 은밀히 간옹을 불러들여 대책을 마련했다. 간옹은 어렵지 않게 한 가지 계교를 내놓았다.

"지금 당장 원소를 만나 형주로 보내 달라고 하십시오."

유비가 무슨 뜻인지 모르겠다는 듯 간옹을 쳐다보았다.

"형주라면 유표가 다스리는 지역 아닌가?"

"유표는 9군을 다스리고 있어 그 세력이 강동의 손책에 견줄 정도로 막강합니다. 더구나 유표는 주군과 서로 종친 관계가 아닙니까? 형주와 하북이 서로 동맹을 맺어 조조를 치겠다고 말씀하십시오."

"음, 유표에게 가는 척하면서 망탕산으로 가자는 얘기로군. 그렇다면 자네는 어찌할 텐가?"

"제게는 따로 좋은 생각이 있습니다."

유비는 즉시 원소를 찾아가 간옹의 계획대로 말했다.

"유표와 손을 잡고 조조를 치겠다? 그거 매우 좋은 방법이군."

원소는 즉석에서 유비를 형주로 가는 사신에 임명했다.

유비가 절을 하고 물러나자 간옹이 재빨리 들어와 간했다.

"유비가 배신을 할지 모르니 제가 따라가게 해주십시오. 딴 마음을 품지 못하도록 옆에서 유비를 철저히 감시하겠습니다."

모든 일은 간옹의 계획대로 진행되었다.

유비와 간옹은 사신 깃발을 말에 달고 무사히 기주성을 빠져나왔다. 성을 나온 그들은 관우가 머물고 있는 곳으로 달려갔다.

"형님!"

유비를 보자 관우는 참았던 울음을 터뜨렸다. 유비도 관우의 손을 잡은 채 연신 눈물을 흘렸다.

"원소가 뒤를 쫓을지 모르니 속히 이곳을 벗어납시다."

지켜보던 간옹이 두 사람을 재촉했다.

세 사람이 말에 올라 길을 떠나려 할 때였다. 집 주인인 관정이 관우 앞에 무릎을 꿇고 간청했다.

"이 늙은이에게 열여덟 살 먹은 아들이 있습니다. 관우 장군을 존경하여 함께 길을 떠나게 해달라고 졸라대고 있으니 부디 데려가 주십시오."

말이 끝나기 무섭게 한 소년이 마당으로 들어섰다. 체격이 당당하고 눈매가 예사롭지 않은 미소년이었다.

유비가 청년을 향해 물었다.

"이름이 뭔가?"

"관평이라고 합니다."

소년이 유비와 관우에게 번갈아 가며 절을 올렸다.

유비가 입가에 미소를 띤 채 관우를 쳐다보았다.

"훌륭한 젊은이로군. 마침 자네와 성씨가 같으니 데려가 양자로 삼게나."

관우는 기쁜 얼굴로 관평을 양자로 받아들였다.

그로부터 며칠 뒤 그들은 무사히 와우산 기슭에 당도했다. 관우는 일행을 안내하여 주창과 만나기로 한 지점으로 갔다. 관우가 깃발을 흔들며 신호를 보내자 숲 속에서 주창이 수십 명의 부하를 이끌고 나타났다. 그런데 어찌된 일인지 주창의 몸은 상처투성이였다. 함께 오기로 했던 수백 명의 부하들도 보이지 않았다.

관우가 깜짝 놀라 물었다.

"이게 어떻게 된 일인가?"

주창이 씩씩거리며 대답했다.

"장군의 명령을 받들어 배원소와 함께 산을 내려올 때였습니다. 갑자기 정체를 알 수 없는 무사가 나타나 배원소를 창으로 찔러 죽이더니 남은 부하들을 인솔하여 산채로 올라가 버렸습니다. 죽기를 각오하고 덤비다가 이렇게 몸에 상처만 입고 도망쳐야 했습니다."

"음, 도대체 어떻게 생긴 놈이기에……."

관우는 주창을 앞세우고 정체불명의 무사가 있다는 산채로 올라갔다. 관우 일행이 산채로 접근하자 정체불명의 무사가 수백 명의 졸개를 거느리고 내려왔다.

"건방진 놈아. 이리 썩 내려와서 창을 받아라!"

관우를 믿고 주창이 정체불명의 무사에게 마구 욕을 퍼부었다.

"가만, 저게 누군가?"

정체불명의 무사를 지켜보던 유비가 말에서 뛰어내렸다.

"아니, 황숙 어른이 아니십니까?"

정체불명의 무사가 유비와 관우를 알아보고 달려왔다. 그는 6년 전 서주에서 헤어진 상산 출신의 소년 장수 조자룡이었다. 앳된 얼굴은 간데없고 어엿한 청년이 되어 있었다.

"내가 뭐랬나? 다시 만난다고 하지 않았나!"

관우가 달려와 조자룡의 손을 잡았다. 조자룡은 관우와 유비를 얼싸안고 다시 만난 기쁨을 나누었다.

"아, 하늘이 조자룡을 나에게 보내셨구나."

공손찬이 원소에게 패하자 조자룡은 유비를 찾아 이곳저곳 천하를 떠도는 참이었다.

조자룡을 얻은 유비의 기쁨은 누구보다 컸다. 더구나 관평이라는 소년 장수까지 얻었으니 마음이 든든하기 그지없었다.

그들이 망탕산에 이르자 멀리서 장비가 뛰어나왔다.

"형님……."

장비가 눈물을 흘리며 유비를 향해 뛰어왔다.

"오, 장비로구나."

뒤이어 미부인, 감부인도 달려왔다.

"모두 무사했구려."

그들은 서로 뒤엉켜 한동안 재회의 기쁨을 나누었다.

유비 형제가 망탕산에 모여 있다는 소식들 듣자 여남 성주인 유벽이 전령을 보내왔다. 여남성을 맡아 다스려 달라는 얘기였다. 여남성은 형주와 허창 사이에 낀 사각지대로 조조의 손길이 미치지 못하는 곳이었다. 조조가 언제 공격할지 몰라 겁을 집어먹은 유벽은 유비 형제를 불러들여 조조를 막을 생각이었다. 유비는 그 청을 흔쾌히 받아들여 여남성으로 근거지를 옮겼다.

그러나 몇 달 뒤 유벽의 우려는 사실로 드러났다. 조조가 수십만 대군을 동원하여 불시에 여남을 습격했던 것이다. 모든 장수들이 용맹하게 싸웠지만 역부족이었다. 유벽을 비롯한 많은 군사들이 목숨을 잃었다.

고민하던 유비는 남은 군사를 이끌고 형주로 유표를 찾아갔다. 유표는 싸움에 지고 쫓겨온 유비를 따뜻하게 맞이해 주었다.

그러나 장군 채모의 생각은 달랐다.

"유비는 배신을 밥 먹듯이 하는 자이니 절대로 받아들이지 마십시오. 유비를 받아들이면 조조가 형주를 공격할 것입니다."

유표가 채모를 꾸짖었다.

"유비는 황실의 종친으로 나와 친척뻘 되는 사람이다. 조조가 무서워 유비를 받아들이지 않으면 세상 사람들이 모두 나를 비웃을 것이다."

유표는 잔치를 베풀어 유비 일행을 환영하고 집을 주어 살게 했다.

50. 손책이 죽고 손권이 등장하다

유비가 자신을 배신했다는 소식은 곧 원소의 귀에 들어갔다. 유비가 조조에게 쫓겨 형주로 들어가기 전이었다.

"유비 따위가 감히 나를 속이다니 용서할 수 없다!"

원소는 미친 듯 날뛰며 당장 군사를 소집하라고 명령했다. 모사 곽도가 들어와 원소를 말렸다.

"조조에 비하면 유비는 피라미에 불과합니다. 더구나 유비가 여남을 차지하고 조조를 경계하면 도리어 우리에게 유리하지요. 이럴 게 아니라 차라리 강동에 있는 손책의 오나라와 동맹을 맺으십시오."

"그렇지. 손책이 있었지."

원소는 강동으로 은밀히 사신을 보냈다.

중원에서 조조와 원소가 대결을 벌이는 동안 강동은 눈부신 발전을 거듭했다. 강동 전체를 완전히 장악한 손책은 조조, 원소와 버금가는 세력으로 성장했다. 강동은 장강을 끼고 있어 식량이 풍부했고 백성들도 많았다.

손책의 힘이 커지자 조조는 은밀히 사람을 오나라로 보내 태수 몇 명을 자신의 부하로 만들었다. 원소를 친 이후 손책과 싸움을 벌이기 위해서였다.

조조의 부하들은 강동의 상황을 수시로 허창에 보고했다. 오군 태수 허공도 그런 사람 중에 하나였다. 손책의 힘이 날로 커지자 허공은 밀서 한 장을 써서 허창으로 올려 보냈다.

손책은 매일같이 병선을 만들고 있습니다
조만간 허창으로 쳐들어 갈 계획이니 미리 손을 쓰십시오

그러나 편지는 조조에게 전해지지 못했다. 밀서를 가지고

떠났던 전령이 장강을 지키던 파수병들에게 붙잡힌 것이었다. 파수병들은 전령을 꽁꽁 묶어 손책에게 데리고 갔다. 몸을 수색하자 뜻밖에도 허공의 편지나 나왔다.

"감히 적과 내통하다니, 용서할 수 없다."

손책은 오군으로 부하를 보내 허공을 비롯한 그의 일족을 몰살시켰다.

조조와 내통하긴 했지만 허공은 품행이 바르고 정직한 사람이었다. 때문에 허공을 진심으로 따르는 부하들이 많았다. 허공이 손책에게 죽자 부하 세 명이 모여 복수를 다짐하게 되었다. 그들은 호시탐탐 기회를 노리며 손책이 눈에 띄기를 기다렸다.

그러던 강동에 가을이 다가왔다. 하늘은 높고 날씨는 쾌청했다.

어느 날 손책은 부하 수십 명을 이끌고 산으로 사냥을 나갔다. 손책이 사냥터로 떠나는 것을 보자 허공의 부하들은 뛸 듯이 기뻐하며 그 뒤를 쫓았다. 아무것도 모르는 손책은 점점 깊은 산속으로 들어갔다.

계곡 깊은 곳에 이른 손책은 크기가 송아지만 한 사슴을 보게 되었다.

"굉장한 놈이군!"

손책은 화살을 꺼내 사슴을 쏘았다. 다리에 화살이 박힌 사슴은 재빨리 계곡 안으로 도망쳤다. 사슴을 쫓아 손책이 말을 달리고 있을 때였다.

"태수님의 원수를 갚자!"

고함 소리가 들리며 숲에서 세 명의 무사가 뛰어나왔다. 손책은 깜짝 놀라 주변을 둘러보았다. 너무 깊이 들어온 탓에 따르는 부하가 한 명도 없었다.

"너희들은 누구냐?"

손책이 칼을 빼들고 소리쳤다.

"우리들은 돌아가신 허공 태수님의 부하들이다!"

그들 중 하나가 화살로 손책을 쏘았다. 너무도 빠른 동작이어서 손책은 미처 화살을 피하지 못했다. 화살에는 매서운 독이 묻어 있었다.

"윽! 이놈들."

손책은 비명을 지르며 얼굴에 박힌 화살을 뽑았다. 이때 다른 무사가 달려들어 창으로 손책의 넓적다리를 찔렀다. 손책은 칼을 들어 창 든 무사의 목을 힘껏 내리쳤다. 그때 멀리서 정보가 부하들을 이끌고 달려왔다.

"주군! 이게 어떻게 된 일입니까?"

정보를 보자 손책은 그 자리에 쓰러졌다.

정보는 손책을 기습했던 세 명의 무사를 그 자리에서 창으로 찔러 죽였다. 정보는 피투성이가 된 손책을 말에 태워 급히 성으로 돌아왔다.

"빨리 가서 화타를 불러와라!"

정보가 부하들에게 명령했다. 화타는 죽은 사람도 살린다는 이름난 의원이었다. 그러나 화타는 출장 중이었다. 부하들은 할 수 없이 화타의 제자를 데리고 왔다.

상처를 들여다보던 화타의 제자가 말했다.

"독이 온 몸으로 퍼져 방법이 없습니다."

"무슨 일이 있어도 살려야 한다."

정보가 눈을 부릅뜨고 화타의 제자를 다그쳤다.

"해독약을 잘 쓴다면 한 달 정도 생명을 연장할 수 있습니다."

정보는 기가 막혔지만 다른 방법이 없었다. 손책은 며칠 동안이나 헛소리와 신음을 반복했다. 해독약을 쓰자 독으로 검게 변했던 얼굴이 차츰 정상으로 돌아왔다. 하지만 그것은 일시적인 현상에 불과했다.

원소가 보낸 사신이 손책을 찾아온 것은 바로 이런 시점이었다. 사신이 왔다는 소식을 듣자 손책은 가까스로 몸을 일으켰다. 손책을 보자 사자는 두 손으로 원소의 밀서를 전한 뒤 말했다.

"지금 조조와 맞설 수 있는 곳은 하북과 강동밖에 없습니다. 원소 장군께서는 하북과 강동이 서로 동맹을 맺어 조조를 무찌르고 천하를 두 곳으로 나누어 다스리자고 하셨습니다."

손책이 고개를 끄덕이며 대답했다.

"하북이 군사를 일으켜 조조를 치면 우리도 돕겠다고 이르게."

손책은 자신이 곧 죽게 된다는 사실을 까맣게 모르고 있었다. 사자가 돌아간 뒤 보름쯤 지났을 때 손책은 다시 피를 토하며 쓰러졌다. 독이 올라 온몸이 시커멓게 타들어 갔다.

"아무래도 내가 죽을 모양이구나……."

겨우 정신을 차린 손책은 가족과 부하 장수들을 불러들였다. 장소, 장굉, 주유, 태사자 등 문무백관들과 아우 손권을 비롯한 가족, 형제들이 급히 병상으로 달려왔다. 손책은 천천히 입을 열었다.

"4백 년 한나라는 이제 그 운이 다하였고 천하는 바람 앞의 등불과 같소. 조조와 원소가 중원에서 싸우는 사이 부지런히 힘을 기르고 식량을 비축하시오. 장강을 끼고 있는 지리적 이

점을 이용한다면 언젠가 천하를 넘볼 수 있을 것이오."

손책은 곁에서 울고 있는 아우 손권을 불렀다.

"이곳 강동은 아버님과 내가 피땀으로 일군 나라다. 인재를 적재적소에 배치하고 백성들을 편안하게 잘 다스려 이 땅을 영원히 보존하라."

말을 마친 뒤 손책은 들고 있던 도장을 손권에게 넘겨주었다.

"모든 문무백관들은 들으시오. 이제부터 내 아우 손권이 나를 대신할 것이오. 나를 대하듯이 아우에게 충성을 다하여 오나라를 부흥시키시오. 그리고 어머니……."

손책이 울고 있는 어머니 오태부인을 돌아보았다.

"불효를 용서해주십시오……. 못난 자식은 먼저 갑니다……."

숨을 거칠게 몰아쉰 뒤 손책은 그대로 눈을 감았다.

이로써 강동의 주인은 손책에서 손권으로 바뀌었다. 새로 오나라의 주인이 된 손권의 나이는 열여덟 살이었다. 형이 죽자 손권은 나라를 돌보지 않고 연일 눈물로 세월을 보냈다. 보다 못한 대신 장소가 손권을 찾아가 아뢰었다.

"지금 우리 오나라는 대문을 활짝 열고 적을 기다리는 것과

같습니다. 어서 정사를 돌보십시오."

손권은 그제야 번쩍 정신을 차렸다. 손권은 형의 뒤를 이어 오나라를 다스리는 일에 박차를 가했다. 강동은 다시 활기를 띠기 시작했다. 손권은 벼슬길을 열어두고 널리 인재를 모집했으며 무예가 뛰어난 장수들을 받아들였다.

어느 날 주유가 두 사람을 데리고 손권을 찾아왔다. 한 사람은 노숙이었고 또 한 사람은 제갈근이었다. 노숙은 지혜가 뛰어나고 병법에 능했으며 제갈근은 책을 많이 읽어 학식이 두텁고 인품이 온화한 사람이었다. 손권은 노숙을 장군에 임명하고 제갈근을 책사로 삼았다.

손권은 제갈근을 불러 이렇게 물었다.

"돌아가신 형님께서 원소와 동맹을 맺고 조조를 치려 하셨습니다. 공의 생각은 어떻습니까?"

제갈근이 주저하지 않고 대답했다.

"원소의 힘이 강대하다고는 하나 반드시 조조에게 멸망할 것입니다."

"그 이유가 무엇이오?"

손권이 턱을 매만지며 물었다.

"조조는 너그러울 때 너그럽고 매서울 때 한없이 매서운 자입니다. 그에 비해 원소는 사람이 우둔하고 옳은 말을 귀담아 듣지 않는 편협한 인간입니다. 원소와 동맹을 맺는다면 조조가 반드시 보복을 해 올 테니 원소와 일정한 거리를 유지하고 조조의 행동을 지켜보십시오."

제갈근은 원소와 조조의 인물됨을 정확히 내다보고 있었다.

"동맹을 맺기로 했다가 거부하면 원소가 가만히 있지 않을 텐데?"

"돌아가신 형님 핑계를 대십시오. 장례를 치른 지 얼마 되지 않아 경황이 없으니 그 일은 다음에 의논하자고 말입니다."

손권은 원소에게 편지를 보내 아직은 동맹을 맺을 때가 아니라는 뜻을 내비쳤다. 원소는 길길이 날뛰었다.

"오나라 따위와 동맹을 하지 않아도 얼마든지 조조를 칠 수 있다."

원소는 조조를 치라고 명령하고 70만이나 되는 군대를 일으켰다.

한편 손책이 죽었다는 소식을 들은 조조는 뛸 듯이 기뻐했다.

"손책이 죽고 그 아우 손권이 뒤를 이었다고? 음, 강동의 호랑이가 죽더니 그 아들도 별 수 없구나. 이 기회에 재빨리 강동으로 쳐들어가자!"

그러자 부하들이 이구동성으로 만류했다.

"남의 불행을 틈타 공격하는 것은 옳지 못한 일입니다. 손권이 형의 뒤를 이어 강동의 수십 군을 차지하고 오나라를 형성했지만 벼슬이 없습니다. 차라리 이번 기회에 손권에게 벼슬을 내려 승상의 부하로 삼으십시오."

조조는 자신의 생각이 잘못 되었음을 금방 인정했다.

"그렇지. 오나라를 공격하면 이리 같은 원소가 가만있지 않을 것이다."

조조는 사자를 강동으로 보내 손책을 회계 태수에 임명했다. 조조가 황제를 마음대로 조종하고 있었기에 가능한 일이었다.

벼슬을 받은 손권은 이렇게 생각했다.

"어차피 벼슬은 황제가 내린 것이다. 좋은 관계를 유지하면서 원소와 조조의 싸움을 지켜봐야겠다."

51. 관도 대혈전

드디어 결전의 날이 밝았다.

원소는 자신이 다스리던 하북의 기주, 청주, 유주, 병주의 네 개 주에 전령을 보내 군사들을 황하 인근 관도 벌판으로 모이게 했다. 우뚝 선 깃발들이 해를 가리고 행군 대열이 90리에 이어졌다. 참으로 어마어마한 병력이었다.

원소가 높은 단 위에 올라가 소리쳤다.

"드디어 때가 왔다. 황제를 우롱하는 역적 조조를 잡아죽

여라!"

그때 참모 전풍과 저수가 건의했다.

"조조는 꾀가 많은 자이니 정면으로 승부하면 우리가 불리합니다. 적을 포위하고 식량이 떨어지기를 기다리면 승리할 수 있을 것입니다."

그러자 원소는 불같이 화를 냈다.

"못난 놈들, 70만이나 되는 대군을 두고 무엇이 무서워 피한단 말이냐?"

원소는 전풍과 저수를 옥에 가두어 버렸다.

원소가 쳐들어온다는 소식들 듣고 조조도 군사를 일으켰다.

"마침내 올 것이 오고 말았군!"

조조는 가려 뽑은 10만 명의 최정예 기병대를 거느리고 관도로 달려갔다. 두 나라 군대는 넓은 관도 벌판에서 마주쳤다. 조조를 발견한 원소가 장군기를 휘날리며 다가왔다. 황금 갑옷을 입은 원소의 모습은 위풍당당했다. 원소 주변엔 장합, 고람, 한맹 같은 하북의 맹장들이 눈을 번득이며 서 있었다.

원소에 질세라 조조도 승상기를 휘날리며 달려갔다. 허저, 장요, 우금, 이전, 악진 등의 맹장들이 창과 방패로 철통같이 조조를 에워쌌다.

조조가 손으로 원소를 가리키며 외쳤다.

"이놈, 겁도 없이 황제가 계신 곳을 공격하느냐?"

원소가 지지 않고 조조를 꾸짖었다.

"동탁만도 못한 역적 조조야. 어디서 함부로 아가리를 놀리느냐?"

조조가 참지 못하고 소리쳤다.

"장요는 어디 있느냐? 나가서 원소의 목을 가져와라!"

장요가 달려나오자 원소도 장합을 내보냈다. 북이 울리는 가운데 두 장수는 벌판 한 가운데서 정면으로 마주쳤다. 장요가 조조군의 제일 맹장이라면 장합도 그에 못지않은 명장이었다. 두 사람이 내뿜는 기합소리가 벌판을 쩌렁쩌렁 울렸다. 50합을 싸웠지만 좀처럼 승부가 나지 않았다.

"괴물 같은 놈이군. 누가 나가서 장요를 도와다오."

조조의 명령이 떨어지자 허저가 칼을 휘두르며 달려나갔다. 원소군에서도 고람이 창을 들고 달려왔다. 네 장수는 한데 어우러져 불꽃을 튀기며 창과 칼을 주고받았다.

네 장수가 싸우고 있는 사이 조조는 하후돈과 조홍을 불러 은밀히 명령했다.

"6천 군사를 이끌고 원소군을 기습하라. 진영이 무너질 때

총 공격을 개시하겠다."

명령을 받은 하후돈과 조홍은 몰래 군사를 뒤로 돌려 원소군의 옆구리를 공격했다. 하후돈과 조홍이 진격한 원소군의 측면은 심배라는 장수가 지키고 있었다. 조조군이 다가오자 심배는 일제히 화살을 쏘게 했다. 수만 발의 화살이 한꺼번에 조조군을 향해 날아갔다. 순식간에 천여 명의 군사가 화살에 맞아 죽었다.

"이때다! 총 공격하라!"

높은 대 위에서 지켜보던 원소가 지휘봉으로 조조를 가리켰다.

"와아!"

군사들은 함성을 지르며 조조군을 포위했다. 조조군은 제대로 싸우지도 못하고 무너졌다. 조조는 30리를 후퇴한 뒤 강 건너편에 진을 쳤다. 원소군이 강가에 이르렀을 때 조조군은 이미 강을 건넌 뒤였다. 배가 없어 원소군은 쉽게 강을 건널 수 없었다.

심배가 원소에게 건의했다.

"이대로 강을 건너면 조조군의 화살에 전멸할 것입니다. 흙으로 강을 메우면서 높은 언덕을 만들어 조조군을 공격하십시오."

원소는 즉시 부하들에게 흙을 퍼 나르게 했다. 열흘이 지나자 수십 개나 되는 토산이 만들어졌다. 원소군은 토산 위에 올라가 조조군 진영을 내려다보며 마구 화살을 날렸다. 조조군 진영은 순식간에 엉망이 되고 말았다.

"화살비 때문에 눈을 뜰 수가 없군."

조조가 눈살을 찌푸리자 모사 유엽이 제안했다.

"이대로 가면 원소군이 강을 건너올 것입니다. 발석거를 만들어 대항하십시오."

발석거는 큰 돌을 날려보낼 수 있는 새로운 무기였다. 조조는 목수들을 시켜 재빨리 발석거를 만들게 했다. 며칠 되지 않아 수십 개의 발석거가 완성되었다. 조조군은 발석거에 사람 몸뚱이만한 돌들을 실어 무수히 날려댔다. 날아온 돌로 인해 원소군 진영은 아수라장이 되었다. 높이 쌓은 토산도 발석거에 맞아 대부분 무너졌다.

"안 되겠다. 두더지 작전을 펼쳐라!"

화가 치민 원소는 부하들을 동원하여 강 밑으로 땅굴을 파게 했다. 수천 명이 밤낮 없이 흙을 퍼내자 마침내 강 밑으로 통하는 긴 터널이 완성되었다. 그러나 땅굴 작전도 실패로 돌아갔다. 조조가 막사 앞에 커다란 저수지를 만들어 놓았던 것이다. 땅굴이 뚫고 올라간 곳이 하필이면 저수지 밑바닥이었다. 땅굴로 물이 들어차면서 공격하던 원소군은 허우적거리며 죽어갔다.

원소가 물러가지 않자 조조는 새로운 작전을 세웠다. 원소군의 식량을 빼앗는 것이었다. 조조는 서황을 시켜 군사 5천을 거느리고 원소군 뒤로 돌아가게 했다. 작전은 대성공이었다. 길목을 막고 있던 서황은 식량을 싣고 오는 원소군을 공격하여 수천 대나 되는 식량과 건초를 불태웠다.

자기 진영 뒤에서 불길이 치솟자 원소는 깜짝 놀랐다.

"저게 웬 불이냐?"

그때 도망쳐온 군사들이 소리쳤다.

"조조군이 후방으로 들어와 식량을 모두 불태웠습니다."

화가 머리끝까지 치민 원소는 총 공격 명령을 내렸다. 원소군은 흙으로 강을 메우며 개미떼처럼 공격을 개시했다. 그러나 조조군은 이미 만반의 준비를 갖춘 상태였다. 화살이 수없이 날아와 원소군은 막대한 희생자만 낸 채 후퇴했다.

싸움은 당분간 소강상태로 접어들었다. 싸움이 길어질수록 불리한 것은 조조였다. 원소는 많은 양의 식량을 숨겨두고 있었지만 조조는 오랜 전쟁으로 식량이 바닥난 상태였다.

어느 날 허유라는 자가 조조를 찾아와 말했다.

"원소는 모든 식량을 오소라는 곳에 감추어두었습니다. 오소를 불태우면 원소는 반드시 후퇴할 것입니다."

허유는 원래 원소의 부하였다가 조조에게 항복한 자였다.

"그거 좋겠군. 아무리 군사가 많다 해도 식량이 없으면 싸울 수 없는 법이지. 내친 김에 원소의 식량을 모두 불태워라!"

조조는 밤이 되기를 기다려 하북으로 들어갔다. 서황, 허저가 이끄는 5천 명의 결사대가 조조의 뒤를 따랐다. 허유의 말은 모두 사실이었다. 오소에는 어마어마한 군량이 산으로 위장된 채 쌓여 있었다.

"굉장하군! 당장 불을 질러라!"

조조가 식량을 가리키며 명령했다. 식량을 지키던 파수병들은 조조를 보자 혼비백산하여 뿔뿔이 흩어졌다. 순식간에 시뻘건 불길이 식량가마니를 덮쳤다. 원소의 70만 대군이 몇 달 동안 먹을 식량은 하루아침에 잿더미가 되고 말았다.

"아, 어떻게 이런 일이……"

보고를 받은 원소는 피눈물을 흘렸다.

"조조, 내 언젠가 네놈의 간을 꺼내 씹으리라!"

원소가 복수를 다짐하고 있을 때 조조는 다른 작전을 세웠다. 군사를 세 방향으로 나누어 원소를 공격하겠다는 소문을 퍼뜨린 것이었다. 원소의 군사가 너무 많았기에 세운 작전이었다. 헛소문은 금방 원소의 귀에 들어갔다.

"조조가 군대를 셋으로 나눌 계획이랍니다."

염탐을 나갔던 군사가 달려와 원소에게 보고했다.

"음, 어떻게 나눈다는 거냐?"

"여양, 업도, 산조 방면으로 나누어 공격한답니다."

"틀림없으렷다!"

원소는 앞뒤 생각 없이 자신도 군사를 셋으로 나누었다. 대장 신명에게 5만 군사를 주어 여양으로 보내고 셋째 아들 원상에게 5만 군사를 주어 업도로 급파했다. 또한 따로 10만 군사를 뽑아 산조로 진격시켰다. 20만이나 되는 대군이 빠져나가자 원술군 진지는 눈에 띄게 허술해졌다.

"드디어 원소를 사냥할 때가 왔다."

원소가 군사를 셋으로 나누자 조조는 회심의 미소를 지었다.

밤이 되기를 기다린 조조는 모든 군사를 총 동원하여 강을 건넜다. 기습 작전은 대성공이었다. 원소군은 허둥거리며 무기를 내던지고 항복했다. 원소군이 70만이나 되었지만 대부분이 밭을 갈고 가축을 기르던 농민들이었다. 그에 비해 조조의

10만 기마병은 오랜 기간 전쟁터를 누빈 정예 군대였다.

"한 놈도 남기지 마라!"

"원소를 사로잡아라!"

하후돈 형제를 비롯, 우금과 이전, 악진, 장요, 서황, 허저 등 조조의 맹장들이 다투어 원소군을 유린했다. 강물은 금방 시뻘건 피로 물들었다.

"내가 조조의 잔꾀에 또 속았구나……."

원소는 맨발로 말에 올라 포위망을 빠져나갔다. 겨우 수백 명이 원소의 뒤를 따를 뿐이었다. 형주에 있는 유표에게 구원을 요청하는 한편, 원소는 미친 듯 말을 몰아 기주로 도망쳤다.

날이 밝자 처참한 풍경이 고스란히 드러났다. 조조군의 완전한 승리였다. 관도 벌판은 시체가 산을 이루었다. 죽은 원소군은 10만 명이나 되었다. 나머지 군사들은 항복하거나 무기를 버리고 뿔뿔이 흩어졌다. 원소의 맹장이었던 장합과 고람은 싸움이 불리해지자 조조군에 투항하고 말았다.

기주로 돌아온 원소는 화병에 걸리고 말았다. 70만 대군을 하루아침에 잃어버렸으니 생각할수록 분통이 터지는 일이었다. 원소는 식음을 전폐하고 술로 세월을 보냈다. 원소의 몸은 점차 야위어갔다.

원소가 정사를 돌보지 않자 나라는 혼란 속으로 빠져들었다. 조조가 대군을 몰고 쳐들어온다는 소문이 퍼졌다. 백성들은 두려움에 몸을 떨었다. 그러나 원소는 들은 척도 하지 않았다. 보다 못한 부인 유씨가 찾아와 말했다.

"언제까지 술로 세월을 보낼 생각이십니까? 몸이 좋아질 때까지 후계자를 세워 나라 일을 대신 돌보게 하십시오."

유씨는 원소가 곧 죽게 되리란 걸 알고 있었다.

"그렇게 합시다."

원소가 초점 없는 눈으로 대답했다.

원소에게는 세 명의 아들이 있었다. 첫째가 원담이었고 둘째는 원희, 셋째는 원상이었다. 원소는 그중에서 셋째 아들인 원상을 자신의 후계자로 지목했다. 원소가 원상을 후계자로 지목한 것은 그가 가장 원소를 빼닮았기 때문이다.

후계자를 지목한 며칠 뒤 원소는 피를 토하고 죽었다. 한때 조조와 함께 천하를 양분했던 원소는 이로써 역사의 무대 뒤로 사라졌다.

원소가 죽자 유씨는 원소의 유언을 받들어 셋째 아들 원상으로 원소의 뒤를 잇게 했다. 그 소식을 전해들은 원담과 원희는 펄쩍 뛰었다.

"부모님도 무심하시군. 형들이 이렇게 살아 있는데……."

큰형 원담은 군사를 거느리고 막내 원상을 공격했다. 형제끼리 피비린내 나는 싸움을 시작한 것이었다. 그러나 싸움은 원상의 승리로 끝이 났다. 원담은 크게 패해 병주로 도망쳤다.

원소의 세 왕자들이 싸움을 시작하자 누구보다 기뻐한 사람은 조조였다.

"드디어 하북이 조조의 땅이 되는구나."

조조는 30만 대군을 일으켜 하북으로 몰고 들어갔다. 싸움에 패했던 원담은 조조군에 거짓으로 항복하고 원상을 무너뜨렸다. 싸움에 진 원상은 요서 지방으로 달아났다. 원희도 조조가 왔다는 소식을 듣고 요서로 도망쳤다. 조조는 기주성을 차지하고 이웃한 성을 하나씩 점령해 나갔다.

조조가 하북을 장악하자 당황한 원담은 조조군을 공격했다. 그러나 원담의 적은 군사는 조조군의 상대가 되지 못했다. 싸움은 눈보라가 치는 겨울까지 계속되었다. 남피성으로 달아났던 원담은 그곳에서 조홍의 칼을 맞고 죽었다.

한편 원희, 원상 형제가 달아난 요동 지방의 태수는 공손강이었다. 조조가 대군을 몰고 공격해오자 공손강은 원상과 원희의 목을 베어 조조에게 항복했다. 이로써 하북을 비롯한 요서, 요동 지방이 모두 조조의 손아귀에 떨어졌다. 건안 9년 여름에 벌어진 일이었다.

52. 하늘을 나는 적로마

조조가 원소의 땅을 점령하고 손권이 형의 뒤를 이어 강동에서 힘을 기르고 있을 때였다. 싸움이 없던 형주 일대는 오랫동안 평화가 지속되었다.

20대 초반에 고향을 떠나 황건적을 무찔렀던 유비의 나이는 어느덧 마흔을 넘어섰다. 유비는 특별한 일 없이 3년째 형주에 머물렀다. 마땅히 갈 곳도 없었고 유표 또한 유비를 극진히 대했기 때문에 불편함을 느끼지 못했다.

그러던 어느 날 형주에 작은 소란이 일어났다. 황건적이었던 장무와 진손이 강하 땅에서 반란을 일으킨 것이었다. 소식을 들은 유비가 유표를 찾아갔다.

"그동안 말을 타지 못해 허벅지 살만 늘었습니다. 형님이 저를 거두어주셨으니 이번 기회에 은혜를 갚게 해주십시오."

유표는 크게 기뻐하며 3만 군사를 주어 반란을 진압하게 했다. 강하는 하루거리에 있는 가까운 곳이었다. 유비가 군사를 거느리고 나타나자 장무와 진손도 수만 명의 부하를 거느리고 달려왔다. 유비는 관우와 장비, 조자룡을 좌우에 거느리고 장무와 진손을 맞이했다.

그때 장무가 탄 말을 쳐다보고 있던 유비가 말했다.

"저 말이 아무래도 심상치 않구나."

무심코 내뱉은 말이었다. 듣고 있던 조자룡이 번개처럼 달려나갔다.

"주군께 저 말을 바치겠습니다."

조자룡을 보자 장무도 기다렸다는 듯 칼을 휘두르며 달려나왔다. 조자룡은 장무를 상대할 생각도 하지 않고 그대로 말고삐를 낚아챘다. 말이 놀라 뛰어올랐다. 장무는 거꾸로 땅에 처박혀 목이 부러졌다.

장무가 어이없이 죽자 진손이 창을 들고 달려나왔다. 진손을 보자 장비의 입꼬리가 씨익 올라갔다. 오랫동안 싸움을 하지 않아 심심했던 장비는 이렇다할 말도 없이 달려나갔다. 기세 좋게 달려오던 진무는 달려오던 자세 그대로 목이 날아갔다.

자신들을 이끌었던 두 장수가 죽자 졸개들은 항복하기 바빴다. 유비는 반란군을 해산시켜 강하를 안정시킨 뒤 형주로 돌아왔다.

유표는 성대하게 잔치를 베풀어 싸움에 이긴 군사들을 위로했다.

잔치가 무르익을 무렵 유표가 푸념하듯 말했다.

"사실은 말 못할 고민이 있네."

"그게 무엇입니까?"

유비가 차분한 음성으로 물었다.

"싸움에 이겨서 좋긴 하지만 남월의 오랑캐와 한중의 장로, 강동의 손견이 항상 걱정거리네."

남월은 형주 남쪽의 오랑캐들을 가리키는 말이었으며 한중은 형주 서쪽에 있는 땅이었다. 강동은 형주 오른쪽에 있었고 북쪽엔 막강한 대군을 거느린 조조가 있었다.

"너무 걱정하지 마십시오. 제게는 천하 맹장이 세 명이나 있습니다. 장비로 하여금 남월의 침범에 대비케 하고 관우로 하여금 장로의 침략을 막으십시오. 조자룡을 삼강으로 보내 손권의 침입에 대비한다면 안심할 수 있을 것입니다."

유표는 기쁜 얼굴로 곧 그렇게 하도록 명령했다.

유표가 자신을 무시하고 유비와 형주의 일을 의논하자 장군 채모는 화가 치밀었다. 채모는 유표의 부인인 채씨의 남동생이었다.

채모가 어느 날 유표를 찾아가 은밀히 말했다.

"유비의 세력이 너무 커지고 있습니다. 언젠가는 형주를 집어삼킬 테니 조심하십시오."

"유비는 어진 사람이니 다시는 그런 말을 하지 말게."

유표는 지난번과 마찬가지로 채모를 크게 꾸짖었다. 하지만 어딘지 모르게 기분이 좋지 않았다. 채모와의 마찰이 잦아지자 유표는 유비를 신야성으로 보내 다스리게 했다.

유비가 가족을 거느리고 신야성으로 출발할 때였다. 낯선 사내가 달려와 공손히 절을 올리고 유비에게 말했다.

"지금 유황숙께서 타고 계신 말은 적로마로 불리는 매우 흉한 말입니다."

유비가 타고 있던 말은 얼마 전 조자룡이 장무에게서 빼앗은 말이었다.

"그게 무슨 뜻인가?"

유비가 말과 사내를 번갈아 쳐다보았다. 사내의 이름은 이적으로 평소 유비를 흠모하던 유표의 부하였다.

"적로는 언젠가 주인을 해친다는 뜻을 가진 말입니다. 장무가 죽은 것도 적로마를 탔기 때문이지요. 어서 다른 말로 갈아타십시오."

유비가 껄껄 웃으며 대답했다.

"목숨은 하늘에 달려 있는 법, 어찌 한 마리 말을 탓할 수 있겠소."

유비는 개의치 않고 신야로 길을 떠났다.

신야성은 작고 아담한 곳이었다. 신야에 온 지 얼마 안 돼 유비는 기쁜 일을 맞이했다. 첫째 부인인 감부인이 아들 유선을 낳은 것이었다. 아들을 낳기 직전 흰 두루미 한 마리가 날아와 길게 목을 빼고 울었다. 유비는 유선의 아명을 아두라고 지었다. 유비가 마흔여섯 살 되던 해인 건안 12년 봄의 일이었다.

그러는 사이 또 반년이 지나갔다. 어느 날 전령이 형주성에서 달려와 유비에게 전했다.

"태수님께서 급히 뵙자는 전갈입니다."

유비는 말을 타고 형주성으로 달려갔다. 유비가 도착하자 유표는 술상을 차려놓고 물었다.

"사실은 긴히 상의할 것이 있어 불렀네."

유표가 술잔을 권하며 말했다. 유표가 유비를 부른 것은 자신의 후사 문제 때문이었다. 유표에게는 유기와 유종이라는 두 아들이 있었다. 유기는 죽은 부인인 진씨의 아들이었고 유종은 채부인의 아들이었다. 유종으로 후사를 잇게 하자니 장남인 유기가 마음에 걸렸고 유기를 앉히자니 채부인이 마음에 걸렸던 것이다.

유비가 서슴없이 자신의 의견을 얘기했다.

"순리를 따르지 않으면 화가 미치는 법이지요. 당연히 장남인 유기를 후계자로 정하셔야 합니다."

그러나 이 말은 유비의 크나큰 실수였다. 병풍 뒤에서 채부인이 두 사람의 대화를 몰래 엿듣고 있었던 것이다.

'건방진 놈. 가만히 술이나 마실 것이지 왜 남의 일에 간섭인가.'

채부인은 분해서 몸을 부르르 떨었다. 채부인은 동생인 채모에게 달려가 방금 있었던 일을 일러바쳤다.

"누님은 너무 걱정하지 마십시오. 유비를 죽여 없앨 좋은 계획이 생각났습니다."

채모가 입가에 미소를 띠고 말했다.

가을이 되자 풍년을 축하하는 잔치가 양양성에서 벌어졌다. 형주 곳곳에 흩어져 있는 지방 관리들을 불러들여 노고를 위로하는 잔치였다. 몸이 불편했던 유표는 신야성으로 사람을 보냈다.

유비는 조자룡을 데리고 유표를 대신해 양양성으로 떠났다. 양양성에 도착하니 채모를 비롯한 유기, 유종 형제와 문무백관들이 유비를 기다리고 있었다. 이윽고 수백 명에 이르는 지방 관리들이 속속 도착했다.

풍악소리와 함께 잔치가 시작되었다. 맛있는 음식이 차려지고 무희들이 음악에 맞춰 춤을 추었다. 유비는 여러 대신들과 더불어 정담을 나누며 흥겹게 술을 들이켰다.

잔치가 무르익자 채모는 살며시 주연장을 빠져나왔다. 채모는 밖을 지키고 있는 장수 괴월을 불러 말했다.

"유비는 언젠가 형주를 집어삼킬 위험한 인물이다. 유비 곁에는 조자룡 하나밖에 없으니 오늘이야말로 그를 죽일 절호의 기회가 아닌가."

괴월이 고개를 흔들었다.

"어찌 우리 마음대로 유비를 죽일 수 있습니까?"

채모가 거짓으로 꾸며댔다.

"유표 어른께서 허락하신 일이네."

"그렇기는 해도 유비는 호락호락 죽을 위인이 아닙니다."

"너무 걱정할 것 없네. 내 동생 채화, 채중, 채훈이 각각 수천 명의 군사를 거느리고 동문과 남문, 북문을 지키고 있다네."

"서문엔 왜 군사를 배치하지 않았습니까?"

"서문엔 단계천이 흐르고 있지 않은가? 물살이 강해 배 없인 그곳을 건널 수 없지. 그러니 비워 두어도 유비는 그쪽으로 도망치지 못할 걸세."

"그렇다면 제가 어떻게 해야 합니까?"

"문제는 유비의 곁을 지키고 있는 조자룡이네. 자네는 조자룡을 불러내어 술을 먹이게. 그가 취하면 재빨리 목을 베게. 그것을 신호로 나도 유비의 목을 치겠네."

두 사람은 태연한 얼굴을 하고 다시 연회장으로 들어왔다. 괴월은 유비 곁을 한시도 떠나지 않고 서 있는 조자룡에게 다가갔다.

"조 장군, 오늘같이 좋은 날 어찌하여 뻣뻣하게 서 계시기만 하신 거요? 그러지 말고 함께 술이나 드십시다."

"난 우리 주군을 지키기 위해 이곳에 왔지 술을 먹으러 온 게 아니오."

조자룡은 한 마디로 괴월의 청을 거절했다. 그러나 쉽게 포기할 괴월이 아니었다. 몇 번이나 술잔을 들고 와 조자룡에게 권했다. 보다 못한 유비가 말했다.

"조 장군. 시장할 테니 자네도 음식을 좀 들게."

유비의 허락이 떨어지자 조자룡은 그제야 술잔을 받았다.

'준비하라!'

지켜보던 괴월과 채모가 부하들에게 눈짓으로 명령을 내렸다. 그때 맞은편에 앉아 있던 이적이 유비에게 다가와 작은 목소리로 말했다.

"장군, 어찌 갑옷을 입은 채로 술을 드십니까? 편한 옷으로 갈아입으시지요."

이적은 유비에게 적로마를 타지 말라고 권했던 인물이었다.

"아, 그렇군."

유비는 이상한 낌새를 눈치 채고 재빨리 후원으로 걸어나왔다.

'갑옷을 벗는다면 목을 베기가 더 쉬울 것이다.'

유비가 갑옷을 벗으러 나가자 채모와 괴월은 눈빛을 주고받

으며 좋아했다.

유비가 밖으로 나오자 이적이 다가와 귀에 대고 속삭였다.

"장군, 큰일났습니다. 채모와 괴월이 장군을 죽이려고 사방에 군사를 매복해 두었습니다. 서문에 군사가 없으니 속히 그쪽으로 도망치십시오."

"그게 사실인가?"

유비는 허겁지겁 마구간으로 달려가 적로마 등에 올라탔다.

"유비가 도망쳤습니다."

파수 보던 군사가 달려와 채모에게 보고했다.

"이런 쥐새끼 같은 놈!"

채모와 괴월은 군사를 이끌고 급히 유비의 뒤를 쫓았다.

서문을 벗어난 유비는 정신없이 말을 몰았다. 그렇게 얼마쯤 달렸을 때였다. 갑자기 작은 강이 나타나 유비를 가로막았다. 강에서는 하얀 안개가 솟아올랐다. 폭이 좁고 물살이 거세서 도저히 건널 수 없는 곳이었다.

"어딜 도망가느냐!"

채모가 칼을 휘두르며 유비를 쫓아왔다.

"큰일났구나!"

유비는 하늘을 우러러보며 탄식했다.

“적로야, 이놈! 네가 오늘 기어이 나를 해치는구나.”

다급해진 유비는 손으로 적로마 등을 마구 두드렸다. 바로 그때였다. 히힝! 크게 울부짖은 적로마가 앞발을 들고 갑자기 공중으로 솟구쳤다. 중간에 발이 물에 닿자 적로마는 또다시 물을 차고 뛰어올랐다. 세 길이나 솟구친 적로마는 순식간에 단계천을 뛰어넘어 건너편 언덕으로 내려섰다.

유비는 적로마의 목을 껴안고 소리쳤다.

“오, 네가 내 목숨을 구했구나…….”

적로마가 단계천을 뛰어넘은 것이었다.

그때 맞은편에 있던 채모의 부하들이 화살을 쏘기 시작했다. 적로마는 화살을 뚫고 번개처럼 남쪽으로 내달렸다.

53. 서서와 신야성 전투

단계를 벗어난 유비는 정신없이 말을 달렸다.

해가 지고 희미하게 땅거미가 내려앉았다. 내달리는 말에 몸을 의지할 뿐 어디로 가는지도 알 수 없었다. 적로마는 이름을 알 수 없는 작은 시골 마을에 도착한 뒤 걸음을 멈추었다.

"이곳은 어디일까?"

유비는 말에서 내려 사방을 둘러보았다. 동쪽 하늘로 별이 드문드문 돋아났다. 그때 어디선가 불현듯 피리 소리가 들려왔다. 잠시 후 소 등에 올라탄 목동이 피리를 불며 다가왔다.

"참으로 평화로운 풍경이구나."

목동을 지나치며 유비는 자신도 모르게 중얼거렸다. 그러자 목동이 유비를 향해 말했다.

"장군님은 혹시 황건적을 무찌른 유황숙이 아니십니까?"

유비는 깜짝 놀랐다.

"네가 어찌 내 이름을 안단 말이냐?"

"저희 스승께서 하시는 말씀을 들었습니다. 유황숙은 귀가 부처님 귀처럼 크고 손이 무릎을 지날 정도로 팔이 길다고 하셨습니다."

유비는 갑자기 호기심이 생겼다.

"너희 스승이 누구시더냐?"

"수경 선생이라 불리는 분으로 이름은 사마휘라 합니다."

"나를 너희 스승에게 안내해다오."

"이쪽으로 오시지요."

마땅히 갈 곳이 없던 터라 유비는 목동을 따라갔다. 얼마쯤 가자 숲 속에 지어진 작은 초막이 나타났다.

머리가 하얗게 센 노인 하나가 마당에서 거문고를 켜다가 유비를 맞이했다. 예순 살쯤 되었을까, 맑고 깨끗한 눈을 가진 노인이었다.

유비를 보자 노인이 대뜸 말했다.

"오늘 하마터면 목숨을 잃을 뻔했군요?"

유비는 깜짝 놀랐다.

"노인장이 그걸 어찌 알고 계신단 말입니까?"

"허허, 공부를 많이 하다보면 그런 일쯤은 능히 알 수 있습니다."

"어른을 몰라 뵈었습니다. 저는 탁현 누상촌 출신으로 유비라고 합니다."

유비가 노인을 향해 절을 올렸다.

"내 어찌 유황숙의 이름을 모르겠소. 자, 안으로 들어갑시다."

자리를 잡자 노인이 다시 물었다.

"조조와 손권이 천하를 양분하고 있는데 공은 지금까지 무엇을 하시었소?"

유비는 부끄러운 마음이 들어 고개를 푹 숙였다.

"뜻은 있으나 재주가 없어 아직 이 모양 이 꼴입니다."

"틀렸소이다. 재주가 없는 게 아니라 사람이 없는 거요."

유비가 정색을 하고 대답했다.

"그렇지 않습니다. 제 곁에는 미축, 간옹, 손건 등의 문사와 관우, 장비, 조자룡 등의 맹장들이 즐비합니다."

노인이 고개를 저었다.

"문사가 있으면 무엇하고 뛰어난 장수가 있으면 무슨 소용이오?"

"예?"

노인이 들고 있던 부채로 바닥을 탁 내리쳤다.

"뛰어난 인재들은 있으나 그들을 부리고 용병할 사람이 없단 뜻이오!"

유비는 그 순간 큰 깨달음을 얻었다.

"미처 그런 생각을 하지 못했습니다. 제게 가르침을 주십시오."

"글쎄올시다. 와룡이나 봉추 한 사람만 얻는다면 능히 천하를 얻을 수 있을 것이오."

"와룡이나 봉추라니요?"

유비의 두 눈이 휘둥그레졌다.

그러나 노인은 그 질문에 대답하지 않았다.

"허허, 그런 사람들이 있소이다. 때가 되면 알게 될 것이오."

노인은 유비에게 잠자리를 마련해주고 밖으로 나갔다.

'도대체 와룡은 누구고 봉추는 누굴까?'

뜬눈으로 밤을 지새운 유비는 아침 일찍 노인이 거처하는 방으로 찾아갔다.

"와룡도 좋고 봉추도 좋지만 차라리 선생께서 이 초막을 나와 저를 좀 도와주십시오."

유비가 절을 올린 다음 공손하게 청했다.

"허허, 나는 초야에 묻혀 글이나 읽는 늙은이요. 모든 일에는 때가 있는 법, 곧 나보다 열 배는 더 뛰어난 인재가 황숙을 도울 것이오."

유비의 얼굴이 기쁨으로 들떴다.

"봉추입니까, 와룡입니까?"

"두 사람은 아직 황숙과 인연이 없소. 그 전에 다른 사람이 임시로 공을 돕게 될 것이오."

생각할수록 아리송한 말이었다.

그때 말발굽 소리와 함께 수백 명의 무사가 달려왔다. 유비는 놀라 칼을 빼들고 대문 밖으로 뛰어나갔다. 그들은 조자룡 일행이었다.

"여기 계셨군요. 주군께서 단계천 방향으로 사라지셨다는 얘기를 듣고 밤새 찾아다닌 길입니다."

조자룡이 눈물을 글썽이며 말했다.

"무사하니 너무 걱정하지 말게."

유비는 노인에게 작별 인사를 올리고 신야성으로 돌아왔다.

"어제 양양성에서 하마터면 채모에게 죽임을 당할 뻔했소."

유비는 여러 부하들을 모아놓고 채모가 자신을 죽이려고 한 일과 적로마가 단계천을 뛰어넘어 목숨을 구한 얘기를 들려주었다.

"형님, 당장 달려가서 채모의 모가지를 베어 오겠습니다."

성미 급한 장비가 분을 참지 못하고 씩씩거렸다.

"이번 일은 필시 채모가 유씨와 더불어 꾸민 일일 겁니다. 속히 유표에게 이 사실을 알리십시오."

손건이 침착하게 건의했다. 유비는 그 말을 옳게 여겨 손건을 유표에게 보내 어제 일어난 일을 자세히 보고하게 했다.

말을 다 듣고 난 유표가 추상같이 호령했다.

"당장 저놈을 끌어내 목을 쳐라!"

병풍 뒤에 숨어 듣고 있던 채부인이 급히 뛰어나왔다. 채부인은 동생의 목숨을 살려달라며 울고불고 매달렸다.

"여자가 나라 일을 참견하면 나라가 망한다고 하였소."

유표는 큰 소리로 채부인을 꾸짖었다. 손건이 나서서 말했다.

"채모 장군을 죽인다면 유황숙 또한 형주에 머물 수 없게 됩니다. 지난 일이니 한 번만 용서해주십시오."

유표는 그제야 채모를 용서하였다.

유표는 맏아들 유기를 유비에게 보내 양양에서 일어난 일을 사과하게 했다. 유기가 온다는 소식을 듣자 유비는 잔치를 베풀고 그를 맞아들였다. 유기는 채모가 저지른 일을 용서해달라고 빌었다.

"다 내가 부덕한 탓인데 누굴 탓하겠나."

유비가 술잔을 들며 말했다. 그때 유기가 돌연 눈물을 주르륵 흘렸다.

"아니, 왜 눈물을 흘리는가?"

유비가 놀라며 까닭을 물었다.

"계모 채씨가 아우 유종으로 하여금 후사를 잇게 하려고 호시탐탐 저를 죽이려고 합니다. 숙부님, 부디 저를 도와주십시오."

유비는 측은한 생각이 들어 유기를 위로했다.

"그럴수록 효도로써 채부인을 대하게. 자네의 진심을 알면 채부인도 마음이 바뀔 걸세."

날이 저물어 돌아갈 시간이 되었다. 유비는 유기를 성문 밖까지 배웅하고 성으로 돌아섰다. 그런데 유비가 장터거리를 지날 때였다.

하늘과 땅이 뒤틀렸구나

산속에 어진 선비가 숨어 있어

이제 주인을 찾아가려 하네

주인은 어찌하여 나를 두고 지나치는가

앞에서 한 사내가 이상한 내용의 노래를 부르며 걸어왔다. 옷차림이 남루했지만 눈빛이 예사롭지 않았다.

"이보시오!"

유비는 자신도 모르게 그 젊은이를 불렀다.

"주인을 찾고 있다니 그게 무슨 소리요?"

유비가 시치미를 떼고 물었다.

"저는 영상 사람으로 이름은 서서라고 합니다. 황숙께서 어진 선비를 두루 구하신다는 말씀을 듣고 찾아오는 길이었습니다."

유비는 크게 기뻐하며 서서를 데리고 청사로 들어왔다. 과연 서서는 예사로운 인물이 아니었다. 서서는 밤을 새워 유비와 술잔을 기울이며 천하가 돌아가는 일을 얘기해주었다. 어느 것 하나 막힘이 없었다.

'와룡과 봉추를 만나기 전에 누군가 나를 돕는다고 하더니 이 젊은이가 바로 그 사람이구나.'

유비는 초막에서 만난 수경 선생의 말을 떠올리며 서서를 군사에 임명했다. 군사는 싸움이 벌어졌을 때 작전을 짜고 명령을 내리는 높은 자리였다.

서서를 시험할 기회는 오래지 않아 다가왔다. 조조가 군사를 풀어 신야성을 공격했던 것이다. 원소를 쓰러트리고 하북을 차지한 조조는 이제 형주를 손에 넣을 욕심을 품기 시작했다. 형주를 무너뜨리기 위해서는 신야에 있는 유비를 먼저 쳐 없애야 했다.

"유비를 비롯한 쥐새끼들이 신야성에 숨어 있었군."

조조는 조인을 총대장으로 삼아 이전, 여광, 여상 등의 장수에게 신야를 치게 했다. 조인은 3만 군사를 이끌고 신야성 맞은편에 있는 번성에 진을 쳤다. 가만히 염탐을 해보니 신야성을 지키는 유비군은 3천 명도 되지 않았다.

"3만 명으로 3천 명을 공격하면 천하가 나를 비웃을 것이다."

유비를 만만하게 여긴 조인은 여광, 여상 형제에게 5천 군사를 주어 신야를 치게 했다. 여광, 여상이 이끄는 조조군이 신야의 넓은 들을 새카맣게 뒤덮으며 공격해왔다.

깜짝 놀란 유비는 새로 군사로 임명된 서서를 불러들였다. 서서가 껄껄 웃으며 대답했다.

"여광, 여상의 5천 군사쯤은 한 방에 쓸어버릴 수 있으니 너무 걱정하지 마십시오. 문제는 2만 5천의 군사를 거느린 조인입니다."

"여광, 여상을 먼저 치라는 얘기인가?"

"당연하지요. 여광, 여상을 치는 동안 조인은 절대 구원병을 보내지 않을 것입니다. 관우와 장비, 조자룡 장군이라면 능히 저들을 물리칠 수 있으니 마음 놓고 여광 형제를 먼저 치십시오."

번성에 진을 친 조인을 생각하며 겁을 집어먹었던 유비는 가슴이 탁 열리는 느낌이었다.

'작전을 짜는 군사의 능력이 이런 것이구나. 그동안 나는 우물 안 개구리처럼 싸움을 했으니 지고 쫓겨다닌 것은 당연했다.'

유비는 크게 기뻐하며 2천 군사를 몰고 성을 빠져나갔다. 서서의 예감은 한 치의 오차도 없이 들어맞았다. 조조군이 5천이나 되었지만 허수아비나 다름없었다. 싸움이 벌어지자마자 조자룡의 창에 여광의 목이 떨어졌다. 3년간 싸움다운 싸움을 하지 못하며 놀고먹은 장비는 더욱 펄펄 날았다. 장비는 자신이 아끼는 장팔사모를 버려 둔 채 맨손으로 여상의 목을 비틀었다. 여광, 여상이 죽자 조조군은 태반이나 무기를 버리고 항복했다.

"그대의 말대로 싸움에 크게 이겼소."

싸움이 끝나자 유비는 서서를 불러 칭찬했다. 서서가 빙그레 웃으며 대답했다.

"이건 시작에 불과합니다. 조인의 2만 5천 군사를 황천으로 보내고 조조의 성인 번성까지 빼앗아 보이겠습니다."

"2천 군사로 성을 빼앗는단 말이오?"

듣고 있던 장비가 입을 벌리고 감탄했다.

"계략으로 싸우면 몇 배가 넘는 적도 능히 이길 수 있지요."

서서는 자신만만했다.

한편 5천 군사가 모조리 죽고 항복했다는 소식을 듣자 조인은 펄쩍 뛰었다. 이전을 선봉으로 세운 조인은 남은 2만 5천 군사를 이끌고 급히 신야로 쳐들어왔다. 조조군이 밀어닥치자 유비는 조자룡에게 1천 군사를 주어 조인을 막게 했다. 두 군대는 신야성 밖에서 정면으로 마주쳤다. 그러나 조조군의 맹장 이전은 조자룡의 상대가 되지 못했다. 창이 목을 향해 날아오자 이전은 불과 10합 만에 말머리를 돌려 달아났다.

"안 되겠군. 일단 후퇴하라!"

이전이 도망쳐오자 간담이 서늘해진 조인은 군사를 20리 밖으로 물렸다. 조인은 군사를 여덟 부대로 나누어 새로운 전투 대형을 짰다. 유비군이 안으로 들어오면 한 명도 살아나갈 수 없는 무시무시한 진법이었다.

"저것 좀 보십시오."

서서가 유비를 높은 언덕으로 데리고 올라가 말했다.

"주군은 저게 어떤 진법인지 아시겠습니까?"

서서가 조조군의 진영을 손으로 가리켰다.

"진법이라니, 그게 무슨 소린가?"

유비가 고개를 들고 물었다.

"대군과 대군이 서로 싸움을 할 때는 반드시 진법에 따라 싸우게 됩니다. 저 진법은 팔문금쇄진으로 불리는 것이지요. 부대를 여덟 개로 나누어 바람개비처럼 돌아가며 적을 맞는 진법입니다."

"나는 지금껏 그런 것도 모르고 무조건 싸움만 해 왔네."

유비가 혀를 끌끌 찼다.

"팔문금쇄진 안에는 휴 · 생 · 상 · 두 · 경 · 사 · 경 · 개의 여덟 문이 있습니다. 생문, 경문, 개문으로 돌진하면 싸움에 이기고 상문, 경문, 휴문으로 들어가면 장수가 다치고 두문, 사문으로 들어가면 싸움에 패합니다. 그러니 생문으로 들어가 중군을 휩쓴 뒤에 경문으로 빠져나오면 적은 모래성처럼 우르르 무너질 것입니다."

"오, 놀랍구려."

유비는 조자룡에게 5백 군사를 주어 팔금문쇄진을 깨뜨리게 했다. 명을 받은 조자룡은 서서가 가르쳐 준 대로 생문으로 매섭게 파고들었다. 조자룡이 들어오자 조인은 북문으로 조자룡을 유인했다. 그러나 조자룡은 중군을 짓밟은 다음 서쪽에 있는 경문으로 빠져나갔다. 조인이 자랑스럽게 설치했던 팔문금쇄진은 순식간에 무너졌다.

"이때다! 공격하라!"

유비가 관우 장비와 더불어 조조군을 덮쳤다. 관우와 장비가 풀 베듯 조조군을 베며 전진을 거듭했다. 한쪽에선 조자룡이 창을 휘두르며 조조군을 막아섰다. 조조군은 자기들끼리 뒤엉켜 우왕좌왕했다. 창에 찔리고 칼에 찔려 죽은 군사가 순식간에 5천 명이나 되었다. 조인은 땅을 치며 수십 리 밖으로 후퇴했다.

"겨우 2천 군사에 쫓겨 도망치다니. 오늘 밤 다시 공격한다!"

조인은 주먹을 불끈 쥐고 야습을 감행했다. 하지만 조조군의 야습 계획을 서서는 이미 알고 있었다.

“화공 준비를 하십시오. 이경에 적이 기습할 것입니다.”

이경은 자정이 되기 직전을 가리켰다. 서서는 조조군의 기습 시간까지 정확히 알고 있었다.

서서의 예상은 그대로 적중했다. 아무것도 모르는 조인은 2만 군사를 이끌고 살금살금 유비군을 포위했다. 그런데 어찌 된 일인지 막사는 텅 비어 있었다. 조인이 깜짝 놀라 사방을 두리번거릴 때였다. 매운 연기와 함께 사방에서 불길이 치솟기 시작했다.

“앗 뜨거워!”

조인이 탄 말에 불이 옮겨 붙었다. 조인은 급히 손으로 불길을 껐다. 불길을 뚫고 무수히 많은 화살이 조조군을 향해 쏟아졌다. 조인과 이전은 수십 명의 부하를 이끌고 간신히 강이 있는 곳으로 도망쳤다. 조인이 배를 구해 강을 건너려 할 때였다.

“조인은 목을 내놓고 가라! 여기 장비가 있다.”

장비라는 말을 듣자 조인은 가슴이 덜컹했다. 유비를 찾아 허창을 떠날 때 관우가 했던 말이 떠올랐기 때문이다. 조인과 이전은 서너 명의 부하와 함께 재빨리 노를 저었다. 남아 있던 조조군은 모두 장비의 창에 찔려 목숨을 잃었다.

구사일생으로 목숨을 구한 조인과 이전은 새벽이 되어 번성에 도착했다.

"문 열어라! 나는 조인이다."

조인이 추위에 떨며 소리쳤다. 그때 성문 위에 수염을 길게 기른 장수가 나타났다.

"안녕하시오. 나 관우가 이 성을 접수했소이다."

"윽, 이 이놈들……."

조인은 놀라 자빠질 뻔했다.

조인과 이전은 할 수 없이 허창을 향해 말을 달렸다.

54. 조조의 거짓 편지

3천 군사로 조조의 3만 대군을 물리친 유비군의 기세는 하늘을 찔렀다. 유비가 번성에 당도하자 성주 유필이 유비를 마중 나왔다. 평소 유비를 존경하던 유필은 잔치를 열어 유비와 군사들을 환영했다.

유비는 그곳에서 유봉이라는 청년을 양자로 삼았다. 유봉은 키가 크고 이목구비가 뚜렷한 소년이었다. 부모를 잃고 떠돌던 것을 유필이 데려다가 키웠는데 우연히 유비의 눈에 띄게 되었다.

유비는 조자룡에게 1천 군사를 주어 번성을 지키게 하고 신야로 돌아왔다.

싸움에 진 조인과 이전은 비참한 모습으로 승상부를 찾아갔다.

"저희들을 죽여 주십시오."

조인이 꿇어 엎드려 용서를 빌었다.

"3만 군사는 어디 가고 두 사람만 돌아왔는가?"

조조가 눈을 가늘게 뜨고 물었다.

"모두 죽었습니다. 유비 진영에 서서라는 자가 나타나 싸움을 도운 덕에 도저히 이길 수가 없었습니다."

"비참한 싸움이었구나. 하지만 열심히 싸우고 졌으니 너희들 잘못이 아니다."

조조는 두 사람을 위로한 뒤 돌아가 쉬게 했다.

"팔문금쇄진을 격파한 서서가 도대체 누구인가?"

정욱과 순욱, 유협 등을 불러놓고 조조가 물었다.

정욱이 대답했다.

"서서는 저와 공부를 함께 한 죽마고우입니다. 별자리 보는 능력이 뛰어나고 앞날을 잘 예측하는 인물입니다. 경서를 두루 읽어 모르는 게 없고 성품이 강직한 인재 중의 인재이지요."

조조가 무릎을 탁 쳤다.

"유비에게 서서를 빼앗기다니, 아깝기 그지없군. 정욱 자네와 서서를 비교하면 누가 더 뛰어난가?"

"서서가 열 배는 더 뛰어납니다."

"서서를 내 부하로 만들 방법이 없을까?"

"왜 없겠습니까? 서서는 누구보다 효심이 지극한 사람입니다. 다행스럽게도 서서의 늙은 노모가 허창에서 가까운 곳에 살고 있습니다. 그의 늙은 어머니로 하여금 편지를 쓰게 하여 서서를 유인하십시오."

"그런 방법이 있었군."

조조는 그 길로 서서의 노모를 찾아가게 했다.

정욱은 서서의 노모로 하여금 서서에게 몸이 아프니 즉시 고향으로 돌아오라는 편지를 쓰게 했다. 얘기를 듣고 난 서서의 노모는 버럭 화를 냈다.

"난 자네가 따르는 조조보다 유황숙을 더 존경하네. 따라서 그 부탁은 들어줄 수 없네."

금은보화를 갖다주고 설득해도 끄떡하지 않았다.

"할 수 없군. 거짓 편지를 쓰는 수밖에."

조조는 글씨 잘 쓰는 부하에게 서서 노모의 필체를 흉내 내어 서서에게 보내는 거짓 편지를 쓰게 했다.

내 아들 서서는 어디서 무엇을 하고 있느냐?
근래 들어 어미의 몸이 계속 좋지 않구나
편지를 받는 즉시 고향으로 돌아오거라

조조의 전령이 신야로 숨어 들어가 서서에게 편지를 건넸다.

"어머니, 이 불효한 자식을 용서하십시오……."

편지를 읽고 난 서서는 눈물을 뚝뚝 흘리며 흐느꼈다. 뜬눈으로 밤을 지새운 서서는 다음날 유비를 찾아갔다.

"황숙 어른께 큰 죄를 짓게 생겼습니다."

서서가 퉁퉁 부은 얼굴로 말했다.

"아니, 그게 무슨 소리요?"

유비가 깜짝 놀라 물었다. 서서는 유비 앞에 편지 한 통을 내밀었다.

"노모가 보내신 편지입니다. 모처럼 황숙을 만나 큰 뜻을 펼치고 싶었는데 자식 된 도리로 어머님의 청을 거절할 수가 없군요……."

말끝을 흐리던 서서의 눈에 굵은 눈물이 맺혔다.

"효도는 무릇 인간의 근본이네. 부모에게 효도하지 않는 자가 어찌 나라와 백성을 살필 수 있겠는가? 자네 뜻이 그러하다면 곁에서 부모님을 돌보시게."

유비도 눈물을 흘렸다.

짐을 꾸린 서서는 여러 장수들에게 작별을 고하고 성문을 빠져나갔다. 장수는 물론 함께 싸웠던 군사들까지 성문 밖에 나와 서서를 배웅했다. 유비는 말고삐를 쥔 채 한참이나 서서를 따라왔다.

"황숙, 그만 돌아가십시오. 이러시면 제 마음이 무겁습니다."

서서가 걸음을 멈추고 유비에게 청했다.

"너무 아쉽구려. 이제 비로소 제대로 된 군사를 얻었다고 생각했는데……."

유비가 울먹이며 말했다.

"비록 몸은 떠나지만 죽는 날까지 유황숙을 섬기겠습니다."

서서는 유비에게 절을 올리고 마침내 말에 박차를 가했다.

"부디 몸조심하시오……."

유비는 한동안 자리를 뜨지 않은 채 서서의 뒷모습을 지켜보았다. 그때 기적 같은 일이 일어났다. 떠났던 서서가 다시 유비에게 달려온 것이다.

'오, 서서의 마음이 변한 모양이구나.'

유비는 크게 기뻐하며 마주 달려 나갔다. 서서가 숨을 몰아 쉬며 말했다.

"급히 가느라 잊은 게 있군요. 양양 서쪽 20리 지점에 융중이라는 마을이 있습니다. 융중에는 와룡이라는 언덕이 있는데 그곳에 살고 있는 선비를 찾아가십시오."

"와룡이라면 혹시 수경 선생이 말한 와룡이 아닌가?"

"맞습니다. 그는 낭야 사람으로 성은 제갈이고 이름은 량입니다. 사예교위를 지낸 제갈풍의 후손이지요. 자를 공명이라 하는데 세상 사람들이 흔히 제갈공명이라고 부르며 친구들 사이에서는 와룡 선생으로 통합니다. 어릴 때부터 재주가 비범하여 채 스무 살이 되기 전에 세상 이치를 터득했고 병법, 천문, 지리, 두루 모르는 것이 없습니다. 형, 동생과 함께 삼형제가 농사를 짓고 살았는데 형 제갈근이 책사로 초빙되어 오나라로 떠나는 바람에 지금은 동생과 둘이 살고 있지요."

"그가 자네를 대신할 수 있겠는가?"

"저보다 백 배는 뛰어난 위인입니다. 한 가지 명심할 것은

그가 쉽게 세상 밖으로 나오지 않으려 한다는 사실입니다. 황숙께서 직접 찾아가셔서 청하십시오."

말을 마친 서서는 말머리를 돌려 먼지를 일으키며 사라졌다.

유비는 서서가 사라지고 나자 비로소 수경 선생이 했던 말을 떠올렸다. 서서와는 어차피 짧게 인연을 맺고 헤어질 운명이었다.

서서는 밤낮으로 말을 달려 노모가 계신 고향으로 돌아갔다.

"어머님! 어디 계십니까?"

서서는 신발도 벗지 않은 채 방으로 뛰어들었다. 방 문이 열리며 놀란 어머니가 얼굴을 드러냈다.

"아니, 서서가 아니냐? 유현덕을 돕고 있다고 들었는데 여기는 어찌하여 나타났느냐?"

놀란 것은 서서였다.

"어머님, 그게 무슨 말씀이십니까? 어머님께서 제게 편지를 주시지 않으셨습니까?"

"뭐, 편지라고?"

노모는 기가 막혔다. 서서가 내민 편지를 읽어보니 틀림없는 자신의 필적이었다.

"이런, 못난 놈!"

노모는 그 자리에서 편지를 발기발기 찢어 버렸다.

"사나이로 태어났으면 큰 뜻을 품고 백성을 구할 것이지 어찌 늙은 어미를 생각하느냐! 아들이 유황숙 같은 어진 분을 돕고 있는데 내가 이런 편지를 보낼 것 같으냐? 조조 같은 역적의 잔꾀에 속다니, 분하기 그지없다. 내가 글자를 안 것이 도리어 화가 되었구나."

노모는 그대로 몸을 날려 대들보에 머리를 부딪히고 죽었다.

"아아, 내가 어리석어 유황숙을 배반하고 어머니마저 죽게 했구나……."

어머니의 시신을 껴안고 통곡하던 서서는 그 자리에서 기절했다.

조조는 사람을 보내 서서를 위로했다. 서서는 조조가 보내 준 물건을 돌려보내고 3년 동안 어머니 무덤을 지켰다.

55. 삼고초려

날씨가 맑은 날이었다. 말을 탄 세 명의 건장한 사내가 융중에 나타났다. 깨끗한 관복을 차려입고 무기를 들지 않은 모습이었다. 그들은 곡식을 거두고 있는 농부 두 사람을 발견하고 말을 멈추었다.

"와룡 선생의 집을 찾고 있습니다."

앞에 선 사나이가 공손하게 물었다. 그들은 서서의 말에 따라 제갈공명을 찾아 나선 유비, 관우, 장비 삼형제였다. 농부가 낫으로 서쪽을 가리켰다.

"이쪽으로 계속 들어가면 용이 누워 있는 모습을 하고 있는 언덕이 나옵니다. 그곳이 와룡이지요. 와룡 선생은 그 안에 초막을 짓고 살고 있습니다."

20리쯤 달리니 경치가 매우 아름다운 곳이 나타났다. 맞은편 언덕을 바라보니 용 한 마리가 누워 있는 형상이었다. 관우가 그 안쪽을 가리켰다.

"저곳이 와룡 선생의 집인 모양입니다."

자세히 살펴보니 맑은 물이 흘러내리고 있는 계곡 사이에 초가집 한 채가 서 있었다. 집 주변은 대나무와 소나무가 푸르게 우거졌으며 수십 마리의 학이 나무 위에 앉아 있었다.

"계십니까?"

말에서 내린 일행은 사립문을 열고 안으로 들어갔다. 계곡을 타고 내려온 물안개가 자욱하게 마당을 감싸며 떠돌았다.

"뉘시옵니까?"

머리를 박박 깎은 초동이 방문을 열고 비죽 고개를 내밀었다.

"나는 신야성에서 와룡 선생을 찾아온 유비라고 한다. 선생은 안에 계시냐?"

초동이 고개를 흔들었다.

"이를 어쩌지요? 선생은 아침 일찍 나가셨습니다."

"그럼 언제 오시느냐?"

"일정하지 않습니다. 거처 없이 떠돌기를 좋아하시니 이틀도 좋고, 삼 일도 좋고, 어떤 때는 한 달도 걸립니다."

"음, 어쩔 수 없지."

유비는 어깨를 늘어뜨린 채 신야로 돌아왔다.

한 달 뒤 유비는 융중으로 사람을 보내 공명의 동정을 살폈다. 전령으로부터 공명이 집에 돌아와 있다는 소식이 전해졌다. 유비는 관우, 장비를 대동하고 또다시 융중을 향해 길을 떠났다.

때는 12월 중순이었다. 한겨울이라 바람이 매서웠다. 옷을 두껍게 입었지만 뼛속까지 찬바람이 스며들었다. 신야성을 나섰을 때 하늘에서 하얀 송이눈이 떨어지기 시작했다. 눈발은 세찬 바람과 함께 더욱 거세게 휘몰아쳤다.

"젠장, 이게 무슨 고생인가?"

장비가 언 손을 호호 불어 가며 투덜거렸다.

"형님, 그까짓 시골 선비 하나를 만나러 우리가 이 고생을 해야 합니까?"

옆에 있던 관우가 껄껄 웃으며 말했다.

"싸움터에서는 죽음도 무서워하지 않는 장비도 추위 앞엔 겁쟁이로구나."

유비가 대답했다.

"어진 선비를 얻으려면 그만큼 고생을 해야 하네. 천하의 와룡을 얻는 일인데 어찌 이런 수고를 겁내는가."

마침내 그들은 눈보라를 헤치고 와룡의 집에 이르렀다. 작은 초가집은 눈 속에 파묻혀 있었다. 유비는 조심스럽게 사립문을 열고 안으로 들어갔다. 초동은 어디로 갔는지 보이지 않았다. 대신에 안방에서 낭랑하게 글 읽는 소리가 흘러나왔다.

'아, 공명이 집에 있는 모양이구나.'

유비는 뛸 듯이 기뻐하며 책 읽는 소리가 다 끝나기를 기다렸다. 잠시 후 방 문이 열리고 얼굴이 하얀 젊은이가 고개를 내밀었다.

"그대들은 누구시오?"

유비가 눈 위에 털썩 엎드리고 대답했다.

"저는 선생을 모시기 위해 신야성에서 온 유비라고 합니다."

방에 있던 젊은이가 황급히 뛰어나왔다.

"그렇다면 유황숙이 아니십니까? 이거 큰일 났군요. 저는 장군이 찾으시는 와룡 선생이 아닙니다."

"그렇다면?"

"저희 집엔 세 명의 형제가 있지요. 큰 형의 이름은 제갈근으로 오나라로 떠나 손권을 돕고 있습니다. 둘째 형님이 장군이 찾으시는 와룡 선생입니다. 저는 그 아우되는 제갈균이라고 합니다."

"아, 이런 일이……."

먼 길을 달려왔지만 또다시 공명을 만나지 못한 것이다.

"아무래도 내 정성이 부족했던 모양이다. 다음엔 천지신명께 제사를 드린 후 공명을 찾아오리라."

유비는 할 수 없이 다시 신야로 돌아왔다.

그 사이 해가 바뀌어 건안 13년이 되었다. 유비는 좋은 날을 잡아 목욕을 하고 천지신명께 제사를 올렸다. 그런 다음 아침 일찍 공명이 있는 융중으로 향했다. 잠이 덜 깬 장비가 참지 못하고 투덜거렸다.

"형님, 이럴 게 아니라 차라리 제게 밧줄 하나만 주십시오. 명령만 내리신다면 당장 와룡을 꽁꽁 묶어 형님 앞에 대령하겠습니다."

"자네는 강태공이 낚시를 끝낼 때까지 뒤에서 기다린 문왕의 일화를 잊었는가? 가기 싫으면 신야에 남아 있고 따라올 생각이면 입을 다물게."

유비가 짐짓 목소리를 높이자 장비는 말없이 뒤를 따랐다.

공명의 집에 도착하니 지난번에 보았던 초동이 세 사람을 맞이했다.

"선생은 안에 계시냐?"

유비의 물음에 초동이 상냥하게 대답했다.

"네, 그런데 지금 낮잠을 곤히 주무시고 계십니다. 깨워 드릴까요?"

유비가 황급히 손을 저었다.

"아니다. 잠이 깰 때까지 기다리겠다."

유비는 관우와 장비를 밖에서 기다리게 하고 혼자 안으로 들어갔다. 부드러운 햇살이 포근하게 초가집을 감싸고 있었다. 유비는 방문 앞에 서서 공명의 잠이 깨기를 기다렸다. 공명이 눈을 뜬 것은 한 식경이 지나서였다.

"신야에서 유황숙이 오셨습니다."

초동이 조르르 달려가 공명의 귀에 대고 속삭였다.

"귀한 손님이 우리 집에 들어서는 꿈을 꾸고 일어나던 참이다. 왜 깨우지 않았느냐?"

공명이 옷을 갖춰 입고 문을 열었다. 8척 장신에 얼굴이 백

설처럼 흰 젊은이였다. 머리에는 실로 짠 두건을 쓰고 학의 깃털로 만든 옷을 입고 있었다. 신선과 다름없는 모습이었다.

"저는 신야성을 지키는 유비라고 합니다. 오래 전부터 와룡의 이름을 들어 알고 있던 바, 이제 그를 모셔 천하를 평안케 하려 합니다."

공명이 대답했다.

"황숙께서 저를 찾고 계시단 얘기는 오래 전에 들었습니다. 다만 가진 재주가 없어 선뜻 나서지 못하고 망설였던 겁니다."

간단한 인사를 나눈 뒤 공명은 유비를 방으로 안내했다.

"수경 선생과 서서로부터 천하에 와룡과 봉추가 있다는 얘기를 들었습니다. 미련한 제게 부디 가르침을 주십시오."

공명이 고개를 저었다.

"수경 선생과 서서가 공연한 말을 했나 보군요. 당치도 않은 소문입니다. 저는 맑은 날 밭을 갈고 비가 올 때 책을 읽는 시골 선비에 불과합니다."

"옥을 돌이라 해도 믿을 사람은 아무도 없습니다. 선생께서는 어지러운 천하를 구할 묘책을 가지고 있으면서 어째서 이렇듯 초야에 묻혀 지냅니까? 선비된 도리가 아닌 줄 압니다."

유비가 거듭 간청했다. 공명은 대문 밖으로 시선을 둔 채 생

각에 잠겼다. 얼마나 시간이 흘렀을까. 공명의 눈길이 조용히 유비에게 건너왔다.

"황숙께서 이루고자 하는 게 무엇입니까? 구체적으로 말씀해 보십시오."

공명이 차분한 목소리로 물었다.

"기울어 가는 한 황실을 구하고 싶습니다. 부디 저의 어리석음을 깨우쳐 주십시오."

"나라가 이렇게 된 건 동탁의 음흉한 속셈을 막지 못했기 때문입니다. 그날 이후 천하는 각자 야망을 품은 영웅호걸들에 의해 산산이 갈라지게 되었지요. 한나라는 이미 그 운이 다했습니다. 흥한 것은 반드시 망하게 되어 있으니 구한다고 나라를 구할 수 있는 게 아니지요. 지금 당장 필요한 것은 현명한 군주가 나타나 빨리 나라를 통일하고 백성들의 삶을 편안하게 하는 것입니다."

유비가 고개를 끄덕이자 공명이 말을 이었다.

"사실상 가장 힘이 강한 세력은 하북의 원소였습니다. 그러나 원소는 지혜가 부족했고 어진 신하들의 말을 듣지 않았습니다. 그에 비해 조조는 꾀가 많고 부하들의 말을 신뢰했습니다. 더구나 황제까지 손에 쥐고 있으니 이대로 가면 필시 천하가 조조의 세상이 되고 말 것입니다."

유비는 공명의 맑은 목소리에 깊이 빨려들었다.

"조조는 천하의 절반을 차지하고 있으며 그 밑에는 백 만에 가까운 정병이 있습니다. 조조와 싸운다는 것은 계란으로 바위를 치는 격이지요. 현재 조조와 대항할 세력으로는 강동의 손권이 유일합니다. 오나라의 손권은 삼대에 걸쳐 강동을 다스리고 있습니다. 강동은 지형이 험해 지키기가 쉽고 바다와 산의 산물이 풍부하여 식량 걱정 또한 하지 않아도 됩니다. 백성들은 충심으로 손권을 따르고 어진 신하와 용맹한 장수가 많아 그 기반이 매우 단단하지요."

"그렇다면 제가 어떻게 해야 합니까?"

유비가 한숨을 내쉬며 물었다.

"아직도 모르시겠습니까? 바로 형주입니다. 강남과 강북 사이에 낀 형주는 땅이 기름지고 식량이 풍부합니다. 또한 그 지역도 9군이나 되며 백성도 수백 만이나 됩니다. 뿐만 아니라 형주를 다스리는 유표는 늙고 병들어 곧 죽게 돼 있습니다. 형주야말로 하늘이 황숙에게 내린 땅입니다."

"형주 하나로 어찌 조조의 백만 대군을 맞을 수 있겠소?"

"형주는 천하를 도모하는 발판이 될지언정 활동 무대는 아닙니다. 마음의 눈을 들어 형주 서쪽에 있는 익주를 보십시오. 익주는 한 고조께서 나라를 일으키신 곳으로 기름진 벌판이 천리에 뻗어 있습니다. 형주에서 몸을 일으키고 익주를 하나로 합친다면 능히 조조와 손권을 상대할 수 있을 것입니다."

"아……."

유비는 무릎을 탁 쳤다. 막혔던 가슴이 탁 뚫리는 느낌이었다.

"참으로 시원스러운 말씀이시오."

공명은 초동을 시켜 두루마리 지도를 가져오게 했다.

"이것이 대륙 서쪽에 위치한 서촉입니다. 형주, 익주를 하나로 합친 뒤에 그 위에 있는 한중 지역을 통합하여 나라를 세우십시오. 그렇게 되면 천하가 셋으로 갈라집니다. 그 뒤에는 손권과 손을 잡고 조조를 도모하십시오. 민심을 잘 이용한다면 마침내 천하는 유황숙의 것이 될 것입니다."

한 치의 빈틈도 없는 명쾌한 계책이었다.

유비가 난처한 얼굴로 물었다.

"형주의 유표나 익주의 유장은 모두 나와 친척이 되는 한실 종친입니다. 내 손으로 어떻게 그들의 자리를 빼앗을 수 있겠소?"

공명이 나무라듯 말했다.

"대의를 위해섭니다. 그들을 희생하여 더 큰 나라를 세우고 백성을 살릴 수 있다면 마땅히 그 땅을 취해야 합니다."

"제가 어리석어 거기까지 헤아리지 못했습니다. 이제 이 초가집을 나와 저를 도와주십시오."

유비가 눈물로 애원하니 마침내 공명은 허락했다.

"백성을 생각하는 황숙의 마음에 깊이 감동했습니다. 함께 힘을 합쳐 큰 뜻을 세워 봅시다."

유비는 크게 기뻐하며 관우와 장비를 불러들여 절을 올리게 했다.

인사가 끝나자 공명은 아우 제갈균을 불러 담담한 목소리로 말했다.

"나는 지금부터 유황숙을 따라 신야로 간다. 어쩌면 영영 돌아오지 못할지도 모른다. 나 대신 밭을 일구며 집을 잘 지키거라."

공명은 유비 삼형제와 나란히 사립문을 나섰다.

그때 공명의 나이 스물일곱 살이었다.

56. 박망파 전투

신야로 돌아온 유비는 하나씩 계획한 일을 실행에 옮겼다. 공명이 곁에 있기에 가능한 일이었다. 두 사람은 잠도 같이 자고 밥도 같이 먹었다.

공명은 사람을 다루는 일에도 뛰어난 수완을 발휘했다. 남양 최대의 부자인 민씨를 찾아가 군자금을 1천만 관이나 빌린 것이었다. 그 돈으로 유비는 말을 사고 비밀리에 군사를 길렀다. 유비가 연일 공명과 함께 붙어 있자 관우와 장비, 조자룡은 서운한 마음이 들었다. 특히 장비의 불만이 대단했다.

"형님 눈엔 우리들이 보이지도 않으슈?"

장비의 투덜거림에 유비가 달래듯 말했다.

"제갈공명과 나는 물과 물고기의 관계라네. 물고기가 물이 없으면 살 수 없듯이 우리도 큰 뜻을 이루기 위해서는 공명이 필요하네."

"제가 미처 형님의 마음을 헤아리지 못했군요."

장비는 부끄러워 얼굴을 붉혔다.

유비가 공명을 군사로 맞이하여 힘을 기르고 있을 때였다. 형을 이어 권력을 잡은 강동의 손권 또한 튼튼하게 나라의 기반을 다져나갔다. 손권이 나라를 안정시키자 능통과 서성, 여몽 같은 인재들이 두루 모여들었다. 그들 중에는 감녕이라는 뛰어난 장수도 있었다.

감녕은 원래 형주 강하성을 지키던 황조의 부하였다. 황조가 자신을 업신여기자 부하 수십 명을 이끌고 손권을 찾아가 항복하게 되었다.

"형주의 사정을 자세히 말해 보라."

감녕을 보자 손권은 내심 기뻐하며 물었다. 그때 손권은 형주를 공격할 준비를 하고 있었다. 어머니 오태부인이 죽으면

서 남편 손견을 죽인 원수를 갚으라고 유언했기 때문이다. 손권의 아버지 손견이 죽은 것은 약 15년 전이었다. 그때 손견은 원술의 편지를 받고 형주를 공격하다가 현산에서 화살을 맞아 죽었다.

"형주는 주인 없는 땅이나 마찬가집니다. 유표는 늙고 병들었으며 후처인 채부인이 자기 아들로 뒤를 잇게 하려고 흉계를 꾸미고 있지요. 조조가 호시탐탐 형주를 엿보고 있으니 먼저 공격하여 형주의 일부를 차지하십시오."

감녕이 눈을 빛내며 말했다.

"그렇다면 어디를 공격하는 것이 좋은가?"

"강하성으로 가십시오. 강하성은 유표의 부장 황조가 지키고 있습니다."

강하성은 형주로 가는 길목으로 강하성을 손에 넣으면 조조와 형주를 동시에 견제할 수 있었다.

"음……."

생각에 잠겼던 손권은 주유에게 10만 군사를 주어 강하성을 공격하게 했다. 감녕도 주유의 부장이 되어 참전했다. 한때 황조의 부하였던 감녕은 적의 허실을 정확히 알고 있었다. 주유가 선봉이 된 오나라 수군은 장강을 뒤덮으며 강하로 몰려갔다. 형주군이 화살을 쏘며 저항했지만 결과는 오군의 승리였다. 화살을 무릅쓴 오군이 용감하게 진격하자 황조는 강하성으로 도망쳤다. 오군은 성을 포위하고 맹렬히 공격했다. 황조는 더 견디지 못하고 몰래 성을 빠져나와 형주로 말을 몰았다. 길목에서 미리 지키고 있던 감녕이 활을 쏘아 황조를 쓰러뜨렸다. 오나라 수군은 황조의 진영을 모조리 불태우고 강하성을 점령했다.

강하성을 손권에게 빼앗겼지만 유표는 군사를 보내지 않았다. 병색이 짙은 유표는 황조가 죽었다는 소식을 듣고도 말없이 허공만 응시했다.

“내친김에 형주를 점령하자!”

손권은 주유를 수군 총사령관에 임명하고 군함 수백 척을 건조하여 파양호로 집결시켰다. 총 공세를 감행하여 조만간 형주를 점령할 생각이었다.

신야의 유비는 가만히 동정을 살피며 때를 기다렸다. 그러던 어느 날 유표가 신야로 전령을 보내왔다. 상의할 것이 있으니 형주로 와달라는 내용이었다. 유비는 공명과 함께 형주로 달려갔다.

유비를 보자 유표는 쓸쓸한 얼굴로 말했다.

"황조가 죽고 강하가 적의 손에 떨어졌소이다. 오나라를 토벌하여 원수를 갚고 싶은데 황숙의 의견은 어떻소?"

"지금 군사를 움직이면 조조가 쳐들어와 형주를 차지할 것입니다."

"으음……."

유표는 이를 지그시 깨물었다.

"분하지만 어쩔 수 없는 노릇이구려. 나는 요즘 병이 깊어 정신이 혼미하오. 황숙, 그대가 내 뒤를 이어 이 형주를 다스려 주면 좋겠소."

뜻밖의 말에 유비는 한사코 사양했다.

"아드님이 있는데 제가 어찌 형주를 맡겠습니까. 이럴 게 아니라 속히 큰아드님으로 후계자를 정하시지요."

옆에 있던 공명이 재빨리 눈짓을 보냈다. 거절하지 말고 형주를 받으라는 얘기였다. 그러나 유비는 듣지 않았다.

돌아오는 길에 공명이 물었다.

"어째서 좋은 기회를 놓치셨습니까? 형주와 익주를 얻고 서촉 54주를 아울러 큰 뜻을 펴자는 약조를 잊으셨습니까?"

"유표는 참으로 어진 군주였네. 그가 아픈 틈을 타 형주를 차지하고 싶진 않네."

공명은 더 이상 그 문제로 말을 꺼내지 않았다.

유비가 신야성에 군사를 기르고 있다는 소식은 허창에 보고되었다. 며칠 뒤 이번에는 오나라 손권이 강하를 공격했다는 소식이 전해졌다.

"쥐새끼 같은 놈들."

조조는 코웃음을 쳤다.

원소를 무찌르고 하북을 차지한 조조의 기세는 하늘을 찔렀다. 형주를 제외하면 이제 장강 이북 대부분이 조조의 땅이었다. 골치를 썩이던 남양성의 장수와 그의 모사 가후도 이미 오래전에 조조에게 항복한 터였다. 이제 남은 곳은 형주와 강동, 즉 오나라뿐이었다.

전쟁이 없는 틈을 타 조조는 나라의 내실을 다지는 일에 힘을 기울였다. 삼공 직책을 없애고 승상인 자신이 그 자리를 차지했으며 하내 사람인 사마의를 불러들여 유능한 인재를 뽑게 했다. 이렇게 되자 조조 밑에는 뛰어난 인재들로 인산인해를 이루었다. 날카롭게 다듬어진 정병이 70만이나 되었으며 날고 긴다는 장수도 천여 명이나 되었다.

나라가 어느 정도 안정되자 조조는 대신들을 모아놓고 말했다.

"형의 뒤를 이은 손권이 마침내 형주로 손을 뻗쳤소. 강동과 형주를 하나로 합쳐 천하를 통일하려고 하는데 귀관들의 의견은 어떻소?"

하후돈이 애꾸눈을 끔벅이며 앞으로 나섰다.

"형주를 얻기 위해서는 먼저 신야에 있는 유비를 쳐야 합니다. 제게 10만 군사만 주십시오. 유비를 꽁꽁 묶어다가 바치겠습니다."

그러자 모사 순욱이 고개를 저었다.

"유비를 만만하게 보아서는 안 됩니다. 더구나 유비에게는 제갈공명이라는 뛰어난 지략가가 있습니다."

생각에 잠겼던 조조가 눈을 번쩍 떴다.

"제갈공명이라……. 그는 어떤 위인인가?"

순욱이 대답했다.

"서서를 불러오십시오. 서서와 공명은 한때 천하를 논하던 친구였습니다."

조조는 사람을 보내 성 밖에 살고 있는 서서를 불러들였다.

"공명은 어떤 사람인가?"

조조의 물음에 서서는 입에 침이 마르도록 공명을 칭찬했다.

"공명은 하늘과 땅의 이치를 모두 깨달은 천하의 인재입니다. 섣불리 공격했다간 반드시 싸움에 지고 말 것입니다."

서서는 미리 겁을 주어 조조가 신야를 공격하지 못하게 할 생각이었다. 유비의 곁을 떠났지만 서서는 아직 유비를 잊지 못하고 있었다.

"음, 자네와 공명을 비교하면 어떤가?"

"제가 반딧불이라면 공명은 보름달입니다."

가만히 듣고 있던 하후돈이 눈살을 찌푸렸다.

"아무리 공명이 천재라고 해도 신야에는 고작 3천의 군사가 있을 뿐이오. 3천으로 어떻게 10만 대군을 당해낸단 말이오? 만약 신야를 빼앗지 못하면 승상께 내 목을 바치리다."

하후돈이 자신의 목을 담보로 제시하자 조조도 어쩔 수 없었다. 부하의 사기를 꺾을 수 없었던 조조는 하후돈을 대장으로 삼고 우금과 이전, 하후란, 한호 등을 부장으로 삼아 신야로 진격시켰다.

"하후돈의 10만 대군이 몰려온다!"

백성들이 두려움에 떨며 현청으로 달려와 보고했다. 소식을 들은 유비는 얼굴이 파랗게 질려 급히 공명을 들어오게 했다.

"조조의 군사가 10만이나 되니 어쩌면 좋겠소?"

공명이 침착한 목소리로 대답했다.

"계책을 쓴다면 능히 물리칠 수 있습니다. 하지만 관우와 장비가 제 명령을 제대로 듣지 않을까 걱정입니다."

"그 점이라면 너무 걱정하지 마십시오."

유비는 여러 장수들을 불러모은 뒤 자신의 칼을 공명에게 넘겨주었다.

"이제부터 공명 군사의 명령이 곧 내 명령이다. 군사의 명을 거역하면 곧 내 명을 거역하는 것이니 그리 알라."

평소와 다른 단호한 목소리였다.

분위기가 엄숙해지자 공명이 입을 열었다.

"이제부터 우리는 목숨을 건 싸움을 하게 될 것이오. 명령대로 수행하면 대승을 거둘 것이오. 어기면 죽음만이 있을 뿐이오."

공명은 신야성 주변이 그려진 지도 앞으로 걸어갔다.

"신야성 90리 밖에 박망파라는 험준한 계곡이 있소. 박망파 왼쪽 산이 예산이며 오른쪽 숲은 안림이라 부르오. 그곳이 바로 조조군의 무덤이니 잘 기억하시오."

공명은 지혜가 번득이는 눈으로 장수들을 하나씩 쳐다보았다.

"박망파는 길이 좁아 아무리 많은 군사도 한 줄로 지나쳐야 하오. 그러니 적이 많아도 일체 겁을 집어먹지 마시오. 관운장은 군사 1천을 이끌고 예산에 매복했다가 남쪽 산에서 불이 치솟거든 지나가는 적을 습격, 섬멸하시오. 장비 장군 역시 1천 군사를 이끌고 맞은편 안림에 매복했다가 남쪽에서 불길이 오르면 곧장 적의 중군을 무찌르시오. 관평과 유봉은 각각 군사 5백을 이끌고 박망파 양쪽에 매복해 있다가 적이 다가오면 사방에 불을 질러라. 그리고 주군께서는 따로 군사를 거느리고 지켜보다가 불리한 곳을 지원하십시오."

"저는 무엇을 합니까?"

조자룡이 손을 번쩍 들었다.

"조 장군은 선봉이 되어 하후돈을 맞으시오. 하지만 싸우지 말고 약만 올리며 적을 박망파 안쪽으로 유인하시오."

한 치의 오차도 없는 계책이었다. 명을 받은 장수들은 군사를 거느리고 각자 맡은 곳으로 달려갔다.

이틀 뒤, 하후돈이 대군을 이끌고 박망파에 모습을 드러냈다. 박망파는 산이 높고 길이 험한 곳이었다. 길이 좁아지자 하후돈은 말을 멈추고 유심히 앞을 살폈다. 그때 조자룡이 백 명도 채 되지 않는 군사를 이끌고 나타났다.

"아니, 저게 뭔가? 겨우 백 명의 군사로 나를 막겠다는 것인가?"

하후돈은 껄껄 웃음을 터뜨리며 조자룡에게 달려들었다.

"한 줌도 안 되는 군사로 무얼 하려고 그러느냐? 냉큼 항복해라!"

조자룡이 지지 않고 소리쳤다.

"시끄럽다, 애꾸야. 입 닥치고 내 창이나 받아라!"

불꽃을 튀기며 두 사람의 창이 마주쳤다. 몇 번 창을 주고받은 조자룡은 공명이 지시한 대로 말머리를 돌려 계곡으로 도망쳤다.

"쯧쯧. 그 실력으로 무얼 하겠다고……."

하후돈은 전 군에 명령을 내려 조자룡을 뒤쫓게 했다. 조자룡은 싸우다 도망치기를 반복하며 점점 계곡 깊이 조조군을 끌어들였다. 그러는 가운데 해가 지고 날이 어두워졌다. 계곡 주변은 온통 갈대밭 천지였다. 날이 어두워 하후돈은 그 같은 사실을 알지 못했다. 이윽고 조조의 10만 대군이 모두 계곡 안으로 들어섰다.

"지금이다! 불을 놓아라!"

숨어서 지켜보던 관평과 유봉이 부하들에게 명령했다. 갈대

밭 좌우에 몸을 숨기고 있던 군사들은 명령이 떨어지기 무섭게 사방에 불을 놓았다. 때마침 불어온 바람을 타고 불길은 삽시간에 박망파를 붉게 물들였다.

"앗! 화공이다. 퇴각하라!"

하후돈이 뒤늦게 명령했다. 하지만 길이 좁아 후퇴는 순조롭지 않았다. 말이 놀라 이리저리 뛰는 가운데 사방에서 불화살이 쏟아졌다.

"앗, 뜨거워!"

조조군은 길을 찾아 우왕좌왕했다. 퇴각은커녕 연기 때문에 숨을 쉴 수조차 없는 상황이었다. 불길이 치솟자 계곡 좌우에 매복하고 있던 관우와 장비가 일시에 조조군을 덮쳤다. 도망을 거듭하던 조자룡도 말머리를 돌려 조조군을 베기 시작했다. 하후돈은 자기편 군사를 짓밟으며 미친 듯 계곡을 벗어났다.

"으윽, 분하다."

하후돈의 한쪽 눈에서는 피눈물이 흘렀다.

일방적인 싸움은 새벽이 되어서야 끝이 났다. 날이 밝자 처참한 풍경이 고스란히 드러났다. 새카맣게 불 탄 시체들이 겹겹이 쌓여 있었다. 죽은 적의 시체는 3만 구나 되었다. 부상당하거나 항복한 적병의 수는 그보다 더 많았다. 싸움의 와중에 적장 하후란은 장비의 창에 목이 달아났다. 한호와 우금, 이전은 부상을 입고 가까스로 목숨을 건져 도망쳤다. 3천 명으로 30배가 넘는 적을 물리친 기적 같은 승리였다.

"오, 이것이 진정 우리가 거둔 승리란 말인가?"

장수들은 저마다 자신의 눈을 의심했다.

"나이는 어리지만 공명은 보통 인물이 아니야……"

그날 이후, 많은 장수들은 공명을 진심으로 존경하게 되었다.

57. 조자룡의 아두 구출 작전

10만 군사를 박망파에 흩어 버린 하후돈은 겨우 목숨을 건져 도망쳤다. 허창에 도착한 하후돈은 떠나기 전 자신이 했던 말을 떠올렸다. 싸움에 지면 목을 내놓겠다고 장담했던 그였다.

'무슨 면목으로 승상을 본단 말인가.'

하후돈은 자신의 몸을 새끼줄로 꽁꽁 묶어 승상부를 찾아갔다.

"죽여 주십시오."

하후돈이 엎으려 용서를 빌자 조조는 쓴웃음을 지었다.

"자네를 죽인들 패한 싸움을 되돌릴 수 있겠는가? 이번엔 내가 친히 싸움에 나갈 것이다. 먼저 형주를 치고 신야로 진격하라!"

조조는 50만 대군을 일으켜 부대를 10만 명씩 다섯 개로 나누었다. 조조의 쟁쟁한 부장들이 모두 싸움에 동원되었다. 조인, 조홍이 1진을 맞고 장요, 장합이 2진을, 하후연, 하후돈이 3진을, 우금과 허저로 4진을, 그리고 조조 자신이 직접 5진을 이끌었다.

"조조의 대군이 쳐들어온다!"

급보가 시시각각 형주로 날아들었다. 그때 태수 유표는 병이 깊어져 사경을 헤매고 있었다.

"아무래도 내가 죽을 모양이구나."

겨우 정신을 차린 유표는 사람을 보내 유비를 오게 했다.

"조조의 대군이 쳐들어오고 있소. 나 대신 형주를 맡아 주시오."

유비가 엎드려 대답했다.

"아드님을 두시고 어찌하여 제게 형주를 맡기십니까?"

옆에 있던 공명이 거들었다.

"조조의 대군을 막자면 형주 군사를 부릴 수 있는 현명한 주군이 필요합니다. 사양하지 마십시오."

그러나 유비는 고개를 흔들며 듣지 않았다.

유표는 다음 날 세상을 떠났다. 죽기 전 유표는 첫째 아들인 유기를 자신의 후임자로 임명한다는 유언을 글로 남겼다. 그러나 유언은 지켜지지 않았다. 채부인은 유언장을 찢어버리고 자신의 아들인 유종을 형주 태수 자리에 앉혔다.

조조의 대군이 형주로 밀어닥친 것은 그런 와중이었다. 신하들은 싸우자는 쪽과 항복하자는 쪽으로 나뉘어 토론을 거듭했다. 결국 항복하자는 쪽으로 결론이 났다. 싸우기엔 조조의 대군이 워낙 많았다.

조조가 형주성에 나타나자 유종은 신하들과 조조 앞에 나가 무릎을 꿇고 항복했다. 유표가 다스리던 형주 9군이 송두리째 조조의 손에 넘어갔다.

피 한 방울 흘리지 않고 형주를 손에 얻은 조조는 뛸 듯이 기뻐했다.

"음, 이제 쥐새끼 같은 유비만 남았군."

유비는 형주성으로 입성하지 않고 곧장 군사를 신야로 돌렸다.

급보가 전해지자 유비는 작전회의를 개최했다.

“무슨 수로 조조의 50만 대군을 막는단 말이오?”

유비가 한숨을 쉬며 말했다. 깊은 침묵이 흘렀다. 아무도 나서서 입을 열지 못했다. 생각에 잠겼던 공명이 대답했다.

“50만 대군을 이길 방법은 사실상 없습니다. 일단 조조군의 선봉 부대에 타격을 입힌 뒤에 양양성으로 들어가는 게 최선의 방책일 것입니다.”

공명은 낭랑한 목소리로 다시 명령을 내렸다.

“죽고자 하면 죽을 것이오. 살고자 하면 반드시 살 것입니다. 손건과 미방, 미축, 간옹은 지금 즉시 신야성 안에 있는 모든 백성들을 이끌고 양양성으로 길을 떠나시오. 운장께서는 신야성 밖에 있는 백하 상류로 가서 자루로 흙을 퍼담아 물을 막고 기다리시오. 장비 장군은 박릉 나루터로 가서 매복했다가 조조군이 나타나면 무찌르시오. 자룡은 군사 3천을 거느리고 신야성 안에 마른 풀과 볏짚을 있는 대로 쌓아 둔 뒤 성을 비우고 밖에 매복해야 합니다. 유봉과 관평은 붉은 깃발과 푸른 깃발을 준비하여 조조군이 나타나면 계곡으로 유인하라. 그러면 조조는 무슨 계략이 있는 줄 알고 곧장 성으로 들어갈 것이다.”

명령이 끝나자 장수들은 비장한 얼굴로 각자 임무를 위해 떠났다. 관우와 장비가 각각 목적지로 떠나자 손건과 간옹, 미방 등은 백성들과 함께 재빨리 성을 빠져나갔다. 조자룡은 텅 빈 성 안 곳곳에 마른 짚과 풀을 쌓아놓고 성 주변에 매복했다.

모든 준비가 끝났을 때 조조군은 신야성 밖 30리 지점인 작미파에 도착했다. 조조는 주력을 완성에 머물게 하고 조인, 조홍, 허저 등을 선봉으로 삼아 10만 군사로 신야성을 향해 진격했다.

그들이 막 작미파를 지날 때였다. 갑자기 수십 명의 유비군이 나타나 깃발을 흔들며 지나갔다. 붉은 깃발과 푸른 깃발이 어지럽게 조조군의 눈앞에 아른거렸다. 조인과 허저는 코웃음을 쳤다.

"공명이 우리 군사를 유혹하기 위해 잔꾀를 부리는 모양이다. 깃발을 쫓지 말고 곧장 신야로 들어가라!"

저녁 무렵, 그들은 신야성에 도착했다. 그런데 어찌된 일인지 성은 텅텅 비어 있었다. 조인은 큰 소리로 웃음을 터뜨렸다.

"우리가 온다는 소식을 듣고 모두 도망친 모양이로군."

날이 어두워졌으므로 그들은 성 안에서 하룻밤을 보냈다. 혹시 유비군이 나타날지 몰라 성문을 굳게 닫아걸고 곳곳에 파수병을 세웠다. 오랜 행군으로 지친 병사들은 이내 깊은 잠에 빠져들었다.

새벽이 되었을 때였다. 조조군이 모두 잠들자 조자룡은 일제히 성 안으로 불화살을 쏘게 했다. 마른 풀에 불이 옮겨 붙으면서 신야성 안은 순식간에 화염에 휩싸였다.

"불이다! 기습이다!"

조조군은 아우성치며 성문으로 몰려나갔다. 성문 밖에서 기다리고 있던 조자룡은 조조군이 나오는 대로 목을 베었다. 불에 타 죽고 창에 찔려 죽고 조조군은 순식간에 그 수가 반으로 줄어들었다.

조인과 조홍, 허저는 살아남은 군사를 이끌고 죽을힘을 다해 백하로 도망쳤다. 조조가 있는 본진으로 가기 위해서는 백하를 건너야 했다. 조자룡과 유봉, 관평 등이 화살을 쏘며 조조군을 추격했다. 다급해진 조조군은 그대로 백하로 뛰어들었다. 조조군이 백하를 까맣게 메우며 강을 건널 때였다.

"둑을 터뜨려라!"

강 상류에서 둑을 만들어 물을 가두고 있던 관우가 소리쳤다. 엄청난 물이 성난 파도처럼 몰려들었다. 절반이 넘는 조조군이 목숨을 잃었다. 살아남은 조조군은 이제 수천 명도 되지 않았다. 그들이 겨우 목숨을 건져 박릉 나루터에 도착했을 때였다.

"조인아, 어딜 가느냐. 목을 내놓고 가라!"

고리눈을 부릅뜬 장비가 사모창을 휘두르며 달려왔다. 조인과 조홍, 허저는 들고 있던 무기와 신발을 모두 내던진 채 산으로 도망쳤다. 10만의 조조군은 불과 수십 명만 살아 조조가 있는 곳으로 도망쳤다.

"더 이상 조조군을 쫓지 말라!"

공명은 즉시 전령을 보내 장수들에게 명령을 내렸다. 조조의 10만 대군이 전멸했지만 아직 40만 대군이 남아 있었다. 백성들을 안전하게 지키기 위해서는 빨리 포위망을 벗어나는 일이 급했다.

공명과 유비는 군사들을 모두 수습하여 양양성에 도착했다. 그들 뒤를 10만이나 되는 신야성 백성들이 따라왔다. 그들이 막 양양성에 도착했을 때였다.

"저놈들을 사로잡아라!"

호통 소리가 들리며 화살이 비 오듯 쏟아졌다. 잠시 뒤 성문 위에 채모가 모습을 드러냈다.

"나요, 왜 화살을 쏘는 거요?"

유비가 따지듯 물었다. 채모가 껄껄 웃으며 대답했다.

"우리는 이미 조 승상에게 항복한 몸이다. 어찌 너를 살려 둘 수 있겠느냐?"

"저런 죽일 놈!"

장비가 장팔사모를 허공으로 휘두르며 버럭버럭 소리를 질렀다.

"더 지체하면 조조군이 밀어닥칠 것입니다. 기왕 이렇게 된 일이니 멀리 강릉성으로 가는 게 좋겠습니다."

공명이 유비에게 건의했다.

어쩔 수 없는 일이었다. 유비는 군사를 돌려 강릉 방향으로 길을 재촉했다. 그러나 행군은 쉽지 않았다. 10만이나 되는 백성들 때문이었다. 백성들 대부분은 노인과 어린아이들이었다. 병든 사람이 많아 하루에 10리를 가기도 힘들었다.

보다 못한 공명이 유비에게 간했다.

"이 들판에서 조조의 공격을 받는다면 막을 방법이 없습니다. 백성들을 버리고 먼저 강릉으로 들어가십시오."

유비가 눈물을 흘리며 대답했다.

"어찌 나를 따라나선 백성을 버릴 수 있겠는가. 차라리 죽으면 죽었지 그렇게는 할 수 없네."

듣고 있던 장수와 백성들이 모두 눈물을 흘렸다.

생각 끝에 공명은 다시 작전을 짰다.

"관우 장군과 손건 모사는 군사 5백을 거느리고 강하성에 가 유기에 도움을 청하시오. 장비 장군은 남은 군사를 이끌고 백성들 뒤에 서서 공격하는 조조군을 목숨을 던져 막아야 합니다. 조자룡을 비롯한 나머지 장군들은 몸이 불편한 백성들을 수레에 태워 속히 강릉성으로 길을 재촉하시오."

강하성은 지난번 황조가 오나라 손권에게 빼앗겼던 성이었다. 성을 차지한 손권이 식량이 떨어져 물러가자 유표의 첫째 아들인 유기가 군사를 이끌고 달려가 지키고 있었던 것이다. 아버지가 죽고 형주가 조조에게 항복했지만 멀리 떨어진 유기는 그런 사실을 까맣게 모르고 있었다.

한편, 조조는 10만 대군이 몰살했다는 소식을 듣자 펄쩍 뛰었다.

"아, 번번이 제갈공명의 잔꾀에 당하는구나……."

화가 치민 조조는 즉각 유비를 추격하라고 지시했다. 그때 유비 일행은 양양성을 3백 리쯤 벗어나 있었다. 유비는 맨 앞에서 행군을 지휘하며 유기의 구원군이 오기를 기다렸다.

"아무래도 공명 군사가 직접 가 보시오."

초조해진 유비가 공명에게 말했다. 공명은 유봉과 함께 군사 5백을 이끌고 급히 강하성으로 떠났다.

공명이 강하로 떠난 지 이틀째 되던 날이었다. 함성이 천지를 진동하며 조조군이 파도처럼 밀어닥쳤다.

"백성들이 다치지 않게 하라!"

깜짝 놀란 유비는 모든 병력을 동원하여 조조군을 막아냈다. 그러나 3천 군사로 수십만 조조군을 막을 수는 없었다. 유비는 팔이 저리도록 칼을 휘두르고 화살을 쏘았다. 장비와 조자룡도 창을 휘두르며 길을 열었다.

전투는 날이 밝을 때까지 계속되었다. 날이 밝자 10만이나 되던 백성들은 제각기 뿔뿔이 흩어졌다. 유비의 가족은 물론이고 간옹, 미축 등 여러 부장들도 어디로 갔는지 알 수 없었다. 장비만이 겨우 백여 명 남짓한 군사를 이끌고 유비를 호위했다.

조조군을 겨우 따돌린 유비는 땅에 엎드려 통곡했다.

"불쌍한 백성들이 나로 인해 큰 화를 당했구나. 가족들은 간 곳을 알 수 없고 장수들은 흩어졌으니 이를 어쩌면 좋을까."

그때 저쪽에서 피투성이가 된 미방이 달려왔다.

"다른 장수들은 어찌 되었는가?"

미방이 꿇어 엎드려 대답했다.

"모두 흩어져 생사를 알 수 없습니다. 다만 오는 길에 조자룡 장군을 보았는데 백기를 들고 조조군 진영으로 달려갔습니다."

"백기를 들었다고? 그럼 조조에게 항복하러 갔단 말인가?"

장비가 주먹을 불끈 쥐고 소리쳤다.

"조자룡은 절대 조조에게 항복할 장수가 아니네."

유비는 조자룡을 굳게 믿었다.

유비와 장비는 남은 군사들을 이끌고 말을 내달렸다. 잠시 후 그들은 장판교라는 다리에 이르렀다. 작은 내가 흐르고 그 위에 다리가 세워졌는데 폭이 좁아 적을 막기에 유리한 곳이었다.

"형님은 어서 강릉으로 도망치십시오. 저는 여기서 적을 막겠습니다."

장비는 20명 남짓한 군사를 다리 건너 숲에 감춘 뒤 홀로 장판교 위에 버티고 섰다.

그 순간 조자룡은 적진을 미친 듯 헤매고 있었다. 조자룡이 백기를 들고 조조군 진영으로 들어간 것은 유비의 가족을 찾기 위해서였다. 피난민이 모여 있는 곳을 헤매던 조자룡은 조조의 부장 순우도를 만났다. 싸움 중에 우연히 미축을 사로잡은 순우도는 그 기세를 몰아 유비를 찾고 있었다. 조자룡은 한 창에 순우도를 찔러 죽인 뒤 미축을 구했다.

그때 피난민 사이에서 한 여자가 울며 뛰어나왔다. 바로 감부인이었다.

"살아 계셨군요, 형수님. 그런데 미부인과 아드님은 어디 계십니까?"

감부인이 울며 대답했다.

"어젯밤에 헤어지고 아직 소식을 알지 못합니다."

조자룡은 미축과 감부인을 데리고 급히 장판파로 달려갔다. 말을 달리던 조자룡은 장비가 다리 위에 떡 버티고 있는 것을 보았다.

"거기 오는 게 짐승이냐, 사람이냐. 왜 조조에게 항복했느냐?"

장비가 눈을 부라리며 조자룡을 나무랐다. 조자룡은 화가 치밀었으나 장비와 싸울 시간이 없었다.

"장군 눈엔 감부인이 보이지도 않소?"

조자룡은 감부인과 미축을 장비에게 맡기고 다시 조조군 속으로 들어갔다. 조조군이 벌떼처럼 달려들었다. 그때마다 조자룡의 창이 바람을 갈랐다.

어느 지점에 이르러 조자룡은 우연히 신야성 백성을 만났다. 조자룡은 그에게 미부인을 보았느냐고 물어보았다. 그가 한 농가를 가리키며 말했다.

"미부인인지는 알 수 없으나 다리를 다친 여자 하나가 아이를 안고 농가에 숨어 있소이다."

조자룡은 농가로 들어갔다. 우물 곁에 미부인이 쓰러져 있었다.

"형수님!"

"오, 조 장군!"

두 사람은 한동안 말을 잇지 못했다.

"어서 여기를 피하십시오."

"조 장군을 만났으니 이제 죽어도 여한이 없게 됐군요. 보시다시피 다리를 다쳐 한 발자국도 움직일 수 없습니다. 나를 데리고 가다가는 조 장군도 죽게 될 터이니 부디 우리 아들 아두를 무사히 구해 주세요."

말을 마친 미부인은 그대로 우물 속으로 몸을 날렸다.

"아, 이럴 수가……."

조자룡은 급히 미부인을 건져 올렸다. 그러나 혀를 깨물고 이미 죽은 뒤였다. 조자룡은 눈물을 닦으며 유비의 어린 아들

아두를 갑옷 속에 품었다.

"나는 상산의 조자룡이다! 내 앞을 막으면 죽음뿐이다!"

조자룡은 미친 듯 창을 휘두르며 길을 열었다. 앞을 막던 수백 명의 조조군이 창에 찔려 목숨을 잃었다. 정말 귀신같은 솜씨였다. 약이 오른 조조군은 모든 장수들이 동원되어 조자룡을 쫓았다. 거듭되는 싸움으로 조자룡은 창을 들어올릴 수 없을 정도로 지쳐갔다. 기진맥진한 조자룡은 가까스로 장판교에 이르렀다. 그 뒤를 수만 명의 조조군이 창칼을 휘두르며 따라붙었다.

"어서 피하게. 익덕 장비가 조조의 백만 대군을 맞으리라."

지친 조자룡을 숲에 숨긴 장비는 재빨리 장판교를 막아섰다. 뒤쫓던 조조군은 다리 위에 홀로 우뚝 서 있는 장비를 보자 놀라 말을 멈췄다. 조인, 이전, 하후돈, 하후연, 악진, 장요, 장합, 허저 등 기라성 같은 장수들이 속속 장판교에 도착했다. 그러나 장비는 눈썹 하나 까딱하지 않았다.

"뭘 보고 있느냐? 덤빌 테면 덤벼라!"

장비가 장팔사모를 붕붕 휘둘렀다.

"과연 장비는 대단한 자다……."

조조군 장수들은 혀를 내두르며 감탄했다. 뒤늦게 달려온 조조가 말했다.

"저건 필시 공명의 잔꾀다. 잠시 군사를 뒤로 물려라."

공명에게 속아 두 번이나 10만 대군을 잃은 조조는 덜컥 겁을 집어먹었다. 다른 장수들의 생각도 마찬가지였다. 그들은 장비가 혼자 조조의 수십만 대군을 막아섰으리라고는 꿈에도 생각하지 못했다.

장비가 적을 막고 있는 사이 조자룡은 쏜살같이 유비에게 달려갔다. 조자룡은 온 몸이 피로 덮여 눈뜨고 볼 수 없는 모습이었다.

"자룡이, 살아 있었군."

유비는 눈물을 흘리며 조자룡을 껴안았다.

"아두와 감부인을 구했으나 그만 미부인을 죽게 하고 말았습니다."

조자룡은 갑옷 속에 품었던 아두를 꺼내 유비에게 바쳤다.

"이 아이 하나 때문에 하마터면 조자룡이 죽을 뻔했군."

유비는 아두를 받아 한쪽으로 내던졌다.

부하를 사랑하는 유비의 마음에 지켜보던 사람들은 모두 눈물을 흘렸다.

58. 오나라로 간 공명

유비는 살아남은 군사들을 이끌고 강하 방면으로 도망쳤다. 조조가 강릉으로 가는 길에 군사를 배치했기 때문이다. 장판파에서 잠시 멈칫했던 조조는 자신이 속은 것을 알고 더욱 매몰차게 유비를 추격했다.

"독 안에 든 쥐다. 모조리 죽여라!"

이제 유비를 따르는 군사는 백 명도 되지 않았다. 마침내 조조군은 유비군의 바로 등 뒤까지 달려들었다.

'이대로 죽는구나.'

유비는 길게 탄식하며 백 명의 군사로 조조군을 기다렸다. 바로 그때였다.

"이놈들!"

맞은편 산모롱이에서 천둥치듯 호통소리가 들렸다. 유비를 사로잡으려던 조조는 깜짝 놀라 그곳을 바라보았다. 수염을 길게 늘어뜨린 장수가 수천 명의 군사를 이끌고 질풍처럼 달려왔다.

"음, 또 공명의 계략에 속았구나."

겁을 집어먹은 조조는 군사를 10리 뒤로 물리라고 명령했다. 갑자기 관우가 나타나자 매복이 있을 것이라고 판단한 것이었다.

"관우가 달려왔구나."

유비와 장비, 조자룡은 반갑게 관우를 맞이했다.

조조가 물러간 틈을 타 유비와 일행은 급히 반대편 숲으로 도망쳤다. 얼마쯤 달리자 장강이 앞을 가로막고 나타났다. 강을 건너려면 배가 있어야 했다. 발을 동동 구르고 있을 무렵 상류에서 수십 척의 병선이 나타났다.

"드디어 공명이 오는구나."

유비는 기쁜 얼굴로 병선이 오기를 기다렸다. 맨 앞의 배에 타고 있던 공명과 손건이 유비 일행을 발견하고 손을 흔들었다. 강하성을 지키고 있던 유기가 부하 1만을 이끌고 유비를 돕기 위해 달려온 것이었다.

"숙부님, 얼마나 고생이 많으셨습니까?"

유기가 유비에게 절을 올리고 나서 물었다. 유기는 전부터 유비를 잘 따랐고 황실 종친인 관계로 유비를 숙부라 불렀다.

"더 늦었으면 큰일 날 뻔했습니다."

공명은 자세한 상황을 전해 듣고 안도의 한숨을 내쉬었다. 유비가 백성들이 흩어진 상황과 죽은 미부인 얘기를 하자 모두들 눈물을 흘렸다.

공명이 장수들을 모아놓고 말했다.

"이곳에서 더 지체하면 조조군의 밥이 될 것이오. 관우 장군은 지금 즉시 유기의 5천 군사를 이끌고 하구성으로 달려가 요새를 만들고 기다리시오. 나머지는 모두 강하로 내려가 조조와 싸울 준비를 합시다. 강하와 하구로 나누어 서로 협력하면 조조도 쉽게 공격하지 못할 것이오."

명을 받은 관우는 수염을 휘날리며 하구성으로 떠났다. 나머지 군사들은 강을 타고 유기의 형주군이 지키던 강하성으로 들어갔다.

강하로 돌아온 유비와 공명은 다시 모든 부장들을 모아놓고 대책 회의를 열었다. 공명이 지도를 펼쳐놓고 입을 열었다.

"강하와 하구성을 뺀다면 장강 이북의 모든 땅이 조조의 손에 들어갔소이다. 마음만 먹으면 이곳도 곧 조조의 땅이 될 것이오. 하지만 너무 걱정할 것 없소이다. 조조는 이곳으로 섣불리 군사를 내지 못할 것이오?"

"그건 어떤 이유에서입니까?"

손건이 고개를 갸웃거리며 물었다.

"강하성은 아시다시피 강동으로 가는 길목이오. 조조의 대군이 이곳을 점령하면 오나라 손권이 가만히 있지 않을 것이오."

공명의 말에 모두들 감탄을 금치 못했다.

"이제 방법은 마지막 하나가 남았소이다. 그것은 조조와 손권을 서로 싸우게 하는 것이오. 두 나라가 싸울 때 우리는 그 틈을 노려 다시 형주를 차지합시다."

형주를 찾을 수 있다는 말에 사람들의 표정이 밝아졌다.

"무슨 수로 싸움을 붙인다는 겁니까?"

가만히 듣고 있던 간옹이 물었다.

"며칠 있으면 이곳 강하로 오나라 사신이 올 것이오. 그때 내가 사신과 함께 오나라로 들어가 손권을 만나겠소. 손권을 만나 담판을 짓고 조조와 손권이 서로 싸우게 할 것이오."

모두들 어안이 벙벙해졌다. 앞으로 일어날 일을 공명은 눈으로 보면서 얘기하듯 자세히 말하고 있었다.

며칠 뒤 공명의 말은 사실로 드러났다. 손권의 명령을 받은 노숙이 사신의 자격으로 강하성을 방문했다. 노숙이 방문한 이유는 유표가 죽었기 때문이다. 겉으로는 문상을 왔다고 했지만 노숙의 목적은 다른 곳에 있었다. 유비와 공명이 조조와 맞서 싸울 능력이 있는지 살피러 왔던 것이다.

유비와 공명은 노숙을 맞이하여 잔치를 베풀었다. 그 자리에서 노숙은 유비와 공명을 떠보기 위해 이런저런 질문을 던졌다. 공명은 신야성에서 두 번이나 조조의 10만 대군을 격파한 얘기를 들려주었다. 듣고 있던 노숙은 감탄을 금치 못했다.

"이곳 강하를 조조에게 빼앗긴다면 오나라도 위험에 처하게 돼 있소. 그러니 우리와 힘을 합쳐 함께 조조를 치는 것이 어떻겠소?"

공명의 말에 노숙이 대답했다.

"생각이 그러시다면 저와 함께 오나라로 들어가 함께 이 일을 의논해 봅시다."

"좋소. 내일 당장 떠납시다."

공명은 회심의 미소를 지었다.

다음날 공명과 노숙은 배를 타고 오나라로 떠났다. 오나라의 수도는 시상으로 동쪽 끝에 있었다. 노숙과 공명은 배에서 내려 궁궐로 손권을 찾아갔다. 공명과 노숙이 들어서자 손권은 말없이 한 장의 편지를 내밀었다. 노숙이 강하로 유비를 만나러 간 사이 조조가 보낸 편지였다.

황제 폐하가 내리는 명령이다
즉시 군사를 동원하여 강하성의 유비를 공격하라
명령을 어기면 백만 대군을 일으켜 오나라를 멸망시킬 것이다

편지를 읽고 난 노숙이 말했다.

"유비를 공격하라는 명령은 핑계일 뿐입니다. 우리가 스스로 항복하지 않는 한 조조는 언젠가 장강을 넘어올 테지요."

손권은 책상을 치며 분통을 터뜨렸다.

"감히 황제를 사칭하다니, 내 언젠가 이 역적을 쳐서 목을 베리라."

손권은 대신들을 불러 회의를 열었다. 공명도 사신 자격으

로 자리에 참석했다. 손권이 무겁게 입을 열었다.

"멸망을 각오하고 싸우겠는가, 부끄럽게 항복하겠는가?"

장소가 신중하게 의견을 말했다.

"조조는 원소와 원술, 여포를 연이어 격파하고 형주까지 손에 넣었습니다. 그 휘하에 정병이 백 만에 가깝고 뛰어난 장수가 천여 명에 이른다고 합니다. 일단 항복을 했다가 훗날을 기약하십시오."

다른 대신들의 의견도 장소와 비슷했다. 대신들은 한동안 항복하자는 쪽과 싸우자는 쪽으로 나뉘어 열띤 토론을 계속했다.

그때 공명이 나서서 말했다.

"조상들이 피땀으로 물려주신 땅을 어찌하여 조조에게 바치려 하십니까? 오나라가 강하다고 들었는데 오늘 보니 겁쟁이들만 모였군요. 조조의 대군이 백만이라고 하나 모두 원소와 유표의 부하들입니다. 실제 조조의 부하는 20만도 채 되지 않지요. 정 겁이 나면 차라리 항복하시구려."

손권이 물었다.

"그대들은 무얼 믿고 항복하지 않는가?"

공명이 대답했다.

"유황숙 어른은 황제의 종친으로 여러 사람의 우러름을 받고 있습니다. 어찌 조조 따위에게 항복할 수 있단 말입니까? 아무리 강한 화살도 힘이 다하면 비단 한 장 뚫지 못합니다. 이번에 우리와 오나라가 서로 힘을 합쳐 조조를 물리친다면 조조는 영원히 일어서지 못할 것입니다."

장소가 언성을 높여 꾸짖었다.

"공명은 대체 무얼 믿고 그렇게 큰소리를 치시오? 조조를 물리칠 계략이라도 있는 거요?"

"조조의 군사들이 강하다고는 하나 물에서의 싸움에는 약합니다. 강하성에는 지금 수전에 능한 2만의 군사가 있고 또 오나라 수군도 강하다고 들었습니다."

듣고 있던 손권이 고개를 끄덕이며 물었다.

"공명은 조조의 대군을 두 번이나 몰살시킨 천하의 지략가라 들었소. 좀더 구체적인 계획을 말해 보시오. 좋은 계책이 있다면 마땅히 힘을 합쳐 싸우겠소."

"조조의 대군이 오나라로 들어오기 위해서는 반드시 장강을 건너야 합니다. 양쪽 군사가 힘을 합쳐 장강을 막고 조조를 친다면 능히 백만 대군도 섬멸할 수 있습니다. 파양호에 나가 있는 수군 대도독 주유를 불러 중하게 쓰십시오. 차후 계획은 그와 함께 상의하겠습니다."

"그렇지. 주유가 있었지."

손권은 무릎을 탁 쳤다. 수군 대도독 주유는 파양호에 수백 척의 병선을 모아놓고 연일 훈련 중이었다. 파양호의 수군은 원래 형주를 점령하기 위해 기르던 군사였다.

손권은 주유에게 전령을 보내 성으로 들어오게 했다.

"조조가 항복하라는 편지를 보내왔네. 자네 의견은 어떤가?"

손권이 주유를 보자 물었다.

"항복이라니요? 당치도 않은 일입니다. 우리 오군은 한 번도 싸움에 패한 적이 없는 용감한 군사들로 이루어져 있습니다. 조조와 싸우게 해 주십시오. 죽는 한이 있어도 적을 물리치겠습니다."

주유의 말에 손권은 크게 기뻐했다.

"좋소. 그대에게 싸움의 모든 권한을 맡기겠소."

손권이 자신이 차고 있던 보검을 꺼내 주유에게 내밀었다.

"지금 즉시 모든 군사를 동원하여 조조를 막으시오. 명령을 어기는 자는 이 칼로 목을 베어도 좋소."

손권이 비장한 목소리로 말했다.

"목숨을 다해 싸우겠습니다."

주유가 두 손으로 칼을 받아들었다.

59. 적에게 화살을 얻은 공명

숙소로 돌아온 주유는 노숙을 불러들였다. 마음 한 구석이 편치 않았기 때문이다. 노숙이 들어오자 주유가 의자를 내주며 말했다.

"혓바닥 하나로 오나라와 조조를 싸우게 하다니, 공명은 보통 인물이 아니오. 이번 기회에 공명을 강하로 돌려보내지 말고 죽여 버립시다."

"그게 무슨 말씀이오?"

노숙이 깜짝 놀라 물었다.

"생각을 해보시오. 우리가 힘을 합쳐 조조를 물리치면 그 다음엔 공명과 싸우게 되지 않겠소. 그를 죽여 미리 우환을 없애자는 것이오."

주유는 공명이 어떤 목적을 가지고 오나라에 왔는지 훤히 꿰뚫고 있었다.

"조조와 싸움을 앞두고 있는 이때, 그를 죽인다면 오히려 화가 될 것이오."

"어찌 당장의 화만 생각하시고 미래의 화는 생각하지 않으시오?"

생각에 잠겼던 노숙이 대답했다.

"그렇다면 이렇게 합시다. 공명의 형인 제갈근을 시켜 공명을 우리편으로 끌어들이는 게 어떻겠소?"

"그거 좋은 묘책입니다."

제갈근은 오래 전 오나라로 건너와 벼슬을 하고 있었다. 주유의 부탁을 받은 제갈근은 공명이 머물고 있는 객관으로 찾아갔다.

"너와 나는 피를 나눈 형제인데 어찌 각자 다른 주군을 섬길 수 있겠느냐. 나와 함께 손권을 도와 오나라를 크게 일으키지 않겠느냐?"

그러자 공명이 대답했다.

"그렇다면 형님이 차라리 저와 함께 유황숙에게 갑시다. 근본도 모르는 손권과 달리 유황숙은 한나라 황실의 후예가 아니오?"

공명이 정색을 하자 제갈근은 할 말이 없어졌다.

소식을 전해 들은 주유는 쓴웃음을 지었다.

'그렇다면 다른 방법을 써서 공명을 죽이리라.'

그때 장강을 지키던 전령이 급보를 가지고 주유에게 달려왔다. 조조의 수군 일부가 장강 연안에 내려와 진을 치고 있다는 것이었다. 주유는 사람을 보내 공명을 자신의 처소로 불렀다.

"드디어 조조가 대군을 움직였소이다. 이번 싸움을 어떻게 보시오?"

주유가 공명을 떠보기 위해 물었다.

"이번 싸움은 탐색전의 기색이 짙소이다. 적을 일시에 격파하면 조조는 함부로 강을 건너오지 못할 것이오. 만약 적의 선봉을 꺾지 못하면 조조는 일시에 대군을 내 쳐들어올 것입니다."

"좋은 말씀이오. 함께 출전하여 적의 선봉을 무찌릅시다."

주유는 손권에게 출전 사실을 알리고 파양호로 달려갔다.

파양호에는 수백 척의 병선이 주유의 명령을 기다리고 있었다. 주유는 병선을 거느리고 조조의 선봉군이 오는 방향으로 강을 거슬러 올라갔다.

때는 건안 13년 11월이었다.

이때 조조의 선봉군은 삼강 하구에 이르러 진을 치고 있었다. 조조군을 지휘하는 장수는 형주에서 항복한 채모였다. 채모는 본래 수군 장수였다. 수군 장수가 없었던 조조는 임시로 채모에게 수군의 지휘를 맡겼다.

"조금도 망설이지 말고 곧바로 조조군을 기습하시오."

배 위에서 공명이 주유에게 말했다. 주유의 생각도 공명과 다를 바 없었다. 오랜 훈련으로 단련된 오나라 군사들은 함성을 지르며 곧장 조조군의 중앙으로 돌격했다. 오나라 수군의 선봉은 용감하기로 이름난 감녕이었다.

감녕을 보자 채모의 동생 채훈이 욕설을 퍼부었다.

"너는 원래 황조 장군의 부하가 아니었더냐? 무기를 버리고 항복하라."

감녕과 채모 형제는 원래 같은 형주 소속의 장수들이었다. 황조는 강하성을 지키던 장수로 손권의 공격을 막다가 죽었다.

"흥!"

감녕은 대답 대신 팔에 끼고 있던 철궁을 꺼내 쏘았다. 감녕은 오나라에서 제일가는 활의 명수였다. 날아간 화살은 그대로 채훈의 얼굴에 박혔다. 채훈은 외마디 비명을 지르며 물 속으로 떨어졌다.

아우가 죽자 채모는 이성을 잃고 무차별 공격을 명령했다. 수만 개의 화살이 양쪽 진영으로 날아갔다. 햇볕이 찬란히 돛대를 비추는 가운데 함성이 강물을 메아리쳤다. 그러나 오나라 수군은 조금도 동요하지 않았다. 장흠과 한당이 좌우에서 조조군을 압박하고 감녕이 용감하게 진격하자 오히려 조조군은 큰 혼란에 빠졌다. 조조군은 대부분 물에서 싸운 적이 없는 군사들이었다. 엎친 데 덮친 격으로 바람까지 몰아쳤다. 배가 흔들리자 조조군은 몸을 가누지 못하고 이리저리 쓰러졌다.

"이때다! 모조리 베어라!"

후방에서 지켜보던 주유가 칼을 빼들고 소리쳤다. 오군은 물을 만난 물고기처럼 날렵하게 배를 저어가 조조군의 배를 들이받았다. 용맹한 오군은 벌떼처럼 조조군의 배로 뛰어들었다. 싸움은 오군의 큰 승리로 끝났다. 반도 넘는 병선과 수군을 잃고 채모는 급히 군사를 거두어 도망쳤다.

공명의 예상은 그대로 적중했다. 기세 좋게 밀고 내려오던 조조는 선봉 수군이 깨졌다는 소식을 듣자 공격 중지 명령을 내렸다.

"다시 싸움에 지는 날엔 목을 벨 것이다."

조조는 패하고 돌아온 채모를 꾸짖은 뒤 강변에 요새를 만들게 했다. 요새를 구축한 뒤 적을 유인하여 섬멸할 생각이었다. 또한 조조는 자신이 거느리고 있는 모든 육군과 수군을 장강으로 집결시켰다. 이렇게 모인 조조군의 수는 자그마치 80만 명이나 되었다.

명령을 받은 채모는 즉각 요새 만드는 일에 착수했다. 큰 배를 한 줄로 연결하고 그 안에 24개의 수문을 만들었다. 그런 다음 수문 안에 작은 배를 풀어 매일같이 맹훈련을 실시했다.

소식을 전해 들은 주유는 생각했다.

'채모를 없애면 조조의 수군도 허수아비가 될 것이다.'

주유는 조조 진영에 숨어 있는 부하들을 시켜 헛소문을 퍼뜨리게 했다. 채모가 오나라와 내통하고 있다는 내용이었다. 작전은 보기 좋게 성공했다. 화가 치민 조조는 앞뒤 생각 없이 채모의 목을 베게 했다. 조조가 형주에서 항복한 채모를 완전히 믿지 못한 게 화근이었다. 뿐만 아니라, 사람을 형주로 보내 채모의 형제인 채부인과 그가 낳은 유표의 아들 유종까지 죽여버렸다. 후환을 없애고 형주를 완전히 차지하기 위해서였다.

주유는 뛸 듯이 기뻐했다.

'내 계책이 멋지게 성공했구나. 내가 이런 작전을 짰으리라고는 천하의 공명도 몰랐을 것이다.'

주유는 공명을 불러 채모가 죽은 얘기를 들려주었다. 그러자 공명이 껄껄 웃고 대답했다.

"저도 짐작을 하고 있었습니다. 작전의 성공 여부 또한 알고 있었기에 미리 어떠한 참견도 하지 않은 것이지요. 조조가 수전에 능한 채모를 죽인 건 일생일대의 실수입니다. 따라서 장군의 계획은 매우 훌륭했습니다."

주유의 안색이 확 변했다.

'음, 역시 공명은 무서운 사람이다. 이번 기회에 반드시 공명을 죽여야겠다.'

마침내 주유는 공명을 죽일 좋은 방법을 생각해냈다.

"이제 곧 조조의 대군과 나라의 운명이 걸린 결전을 치러야 하오. 공은 물 위에서 싸울 때 가장 중요한 무기가 무엇이라고 생각하시오?"

공명이 빙긋 웃으며 대답했다.

"강이나 바다에서 싸울 때 화살만큼 좋은 무기가 없지요."

"그렇다면 부탁이 있소이다. 지금 우리 군중에는 화살이 매우 부족한 실정이지요. 공께서 열흘 이내에 화살 10만 개만 만들어주시오."

열흘 만에 화살 10만 개를 만드는 일은 불가능한 일이었다. 주유는 공명에게 올가미를 씌운 뒤에 그 죄를 물어 공명을 해칠 생각이었다. 그러나 공명은 주유의 생각을 이미 읽고 있었다.

"허허, 장군은 딱도 하시오. 조조의 군사가 언제 쳐들어올지 모르는 판국에 어찌 열흘씩이나 시간을 허비할 수 있겠소. 배 20척과 군사 5백만 빌려주면 사흘 안에 화살 10만 개를 만들어 드리리다."

듣고 있던 주유는 눈이 휘둥그레졌다.

"농담이 지나치시군요."

"농담이 아니오. 만약 약속을 지키지 못하면 내 목을 베시오."

주유는 뛸 듯이 기뻐했다.

'오냐, 네가 스스로 무덤을 파는구나.'

아무리 생각해도 사흘 안에 화살 10만 개를 만드는 일은 불가능했다. 10만 개는커녕 천 개도 만들 수 없는 상황이었다. 주유는 모든 대장간에 명령을 내려 화살 만드는 일을 중지시키고 약속한 날짜가 되기를 기다렸다.

그 사이 이틀이 훌쩍 지나갔다. 어떻게 된 일인지 공명은 천하태평이었다. 화살 만드는 일에는 관심이 없고 술을 마시고 책을 읽으며 시간을 흘려보냈다. 몸이 단 노숙이 공명을 찾아왔다.

"약속 날짜가 내일인데 도대체 어쩔 셈입니까?"

주유와 달리 노숙은 공명이 죽는 것을 원치 않았다.

"너무 걱정할 것 없소이다. 이 공명이 화살을 어떻게 만드는지 천천히 구경이나 하시구려."

공명은 노숙을 이끌고 강가로 내려갔다. 그곳에는 공명의 부탁대로 배 20척과 군사 5백 명이 도착해 있었다.

"볏짚을 엮어 배를 감싸고 떠날 준비를 하라."

군사들은 공명의 명령대로 볏짚과 마른 풀을 구해 배 곳곳에 쌓아 두었다.

"자, 화살을 얻으러 갑시다."

밤이 깊어가자 공명이 노숙을 배에 오르게 했다.

"어디로 간단 말입니까?"

노숙이 눈을 번쩍 떴다.

"조조군 진영이지 어디겠습니까?"

"어떻게 적군에게 화살을 빌린단 말이오?"

"하하하, 두고 보시면 알 것이오."

공명은 군사들에게 배를 젓게 하며 강을 따라 거슬러 올라갔다. 강에는 한 치 앞도 구분하기 힘들 정도로 안개가 자욱했다.

"겨우 배 20척으로 조조군을 기습하다니 이게 무슨 짓이오?"

노숙과 배를 젓던 군사들은 새파랗게 질렸다.

"걱정할 것 없소이다. 안개가 짙어 조조군은 절대 우리를 공격할 수 없소."

자정이 지나고 약속한 사흘째가 되었다. 공명은 배를 더욱 빨리 젓게 하여 조조군이 진을 치고 있는 강가로 다가갔다. 공명은 배들을 일렬로 늘어서게 한 뒤 명령을 내렸다.

"지금부터 일제히 북을 치며 함성을 질러라!"

군사들은 명령대로 북을 치고 함성을 질렀다.

잠에 빠져 있던 조조군은 깜짝 놀랐다.

"기습이다!"

군사들이 우왕좌왕하자 조조가 명령했다.

"적이 우리를 유인하기 위해 잔꾀를 부리는 것이다. 어떠한 경우에도 적을 뒤쫓아서는 안 된다. 적이 접근하면 화살을 퍼부어 물리쳐라!"

명령을 받은 우금과 모개는 궁수들을 시켜 화살을 쏘게 했다. 육지에 군사를 주둔시키고 있던 서황과 장요도 강을 향해 화살을 날렸다. 조조군의 화살이 빗발처럼 20척의 배로 날아들었다. 쌓아둔 짚과 풀더미마다 화살이 고슴도치처럼 꽂혔다.

공명은 조조군 진지 곳곳을 오르내리며 북을 울리게 했다. 북을 울리고 함성을 지르다가 조조군이 화살을 쏘기 시작하면 군사들은 재빨리 바닥에 엎드렸다. 그러기를 수십 번 반복하자 배 안은 무수히 많은 화살로 넘쳐났다.

"이제 됐다! 안개가 개기 전에 속히 이곳을 벗어나라."

공명이 불화살로 신호를 보냈다. 20척의 배는 재빨리 조조군 진영을 벗어나 강을 따라 내려왔다.

"오늘 안개가 낄 지 어떻게 알았습니까?"

노숙이 벌어진 입을 다물지 못하고 물었다.

"날씨의 변화를 알지 못하고 어찌 적을 이길 수 있겠습니까? 저는 주유가 저를 죽이기 위해 이런 짓을 꾸민 사실 또한 이미 알고 있습니다."

공명이 쓴웃음을 지으며 대답했다.

"그대는 하늘이 내린 현인이오."

노숙은 감탄을 금치 못했다.

얼마 뒤 그들은 주유가 기다리고 있는 본진에 이르렀다. 안

개가 걷히고 붉은 해가 찬란하게 떠올랐다. 공명은 군사들을 시켜 배에 떨어진 화살을 거두게 했다. 화살은 모두 20만 개나 되었다. 노숙은 전령을 보내 이와 같은 사실을 주유에게 보고 했다.

"무엇이 화살을 가져왔다고?"

소식을 전해들은 주유는 자신의 귀를 의심했다.

'도무지 믿을 수가 없구나…….'

주유는 말을 타고 급히 강가로 달려왔다. 모든 건 전령의 말 그대로였다.

'내가 어리석어 공연히 공명을 죽이려고 했군.'

주유는 공명을 시기했던 자신의 잘못을 크게 뉘우쳤다.

"공은 과연 하늘이 낸 사람이오. 늦었지만 잘못을 용서해주시오."

주유는 잔치를 베풀고 공명을 위로했다.

"괜찮소이다. 이제부터라도 서로 힘을 합쳐 조조의 대군을 무찌릅시다."

공명이 미소를 띠고 대답했다.

"그런데 한 가지 걱정이 있소. 도대체 무슨 수로 조조의 대군을 무찌른단 말이오?"

잔치가 무르익자 주유가 걱정 가득한 눈으로 물었다.

"한 가지 생각해둔 게 있긴 합니다……."

공명이 말끝을 흐렸다.

"그렇다면 이렇게 합시다. 각자의 생각을 손바닥에 적어 함께 펴보는 것이오."

"그거 좋겠군요."

두 사람은 먹과 벼루를 가져오게 하여 각자의 손에 글씨를 썼다. 손을 펴 보니 두 사람 모두 '화공'이라고 적혀 있었다.

"불로 공격한다는 얘기군요?"

주유가 유쾌하게 웃음을 터뜨렸다.

"두 사람의 뜻이 이렇게 같으니 이번 싸움은 반드시 승리할 것이오."

공명도 소리 내어 웃었다.

60. 불타는 적벽

공명에게 속아 화살 수십만 개를 잃어버린 조조는 화병이 걸렸다.

"번번이 공명에게 당하기만 하는군."

조조는 공명만 생각하면 머리가 아팠다. 채모의 선봉부대가 궤멸되고 화살까지 빼앗기자 조조군의 사기는 크게 떨어졌다. 더구나 처음으로 배를 타 본 군사들이 많아 환자가 속출했다. 조조는 섣불리 공격 명령을 내리지 못했다. 아직 오나라의 사정을 정확히 알지 못했기 때문이다.

그러던 어느 날 밀서 한 장이 조조에게 도착했다. 밀서를 가지고 온 사람은 오나라의 장수 감택이었다. 조조는 급히 편지를 읽어 내려갔다.

항복을 주장했더니
주유가 제게 매질을 가했습니다
승상의 군사가 80만에 가까운데
무슨 수로 대적하리까
감녕과 저를 비롯한 많은 장수들이
승상께 항복할 준비를 하고 있습니다
싸움이 시작되면 배에 푸른 깃발을 꽂고
승상에게 달려가겠습니다

편지를 보낸 사람은 오나라의 늙은 장수 황개였다.

황개는 사소한 말다툼 끝에 주유에게 대들다가 곤장 60대를 맞게 되었다. 곤장을 맞은 황개의 몸은 살가죽이 터지고 피가 흘렀다. 피투성이가 된 황개는 매질이 끝나자 그 자리에서 기절했다. 물론 이것은 주유와 황개가 사전에 미리 짜고 저지른 일이었다. 거짓으로 항복을 한 이후에 불로 조조군을 공격하기 위해서였다.

편지를 다 읽고 난 조조는 눈을 가늘게 떴다.

"흥! 자신의 몸을 상하게 하여 거짓을 진짜처럼 보이게 하려는 수작이구나. 어리석은 놈들, 천하의 조조가 이따위 고육계에 걸려 들 줄 아느냐?"

조조는 편지를 찢어버린 뒤 감택의 목을 베게 했다.

"어진 사람인 줄 알았더니 조조는 형편없는 인간이구나."

감택은 조금도 두려워하지 않고 당당하게 소리쳤다.

그때 오나라에서 또 한 장의 밀서가 도착했다. 밀서는 채중, 채화 형제가 보낸 것이었다.

채중, 채화 형제는 죽은 채모의 동생들로 거짓으로 오나라에 항복한 조조의 부하들이었다. 조조는 재빨리 밀서를 읽어 내려갔다.

항복을 주장하던 늙은 장수 황개가
주유에게 곤장을 맞고 기절했습니다
황개를 비롯한 여러 장수들이 모여
승상께 항복할 일을 의논하고 있습니다

편지를 다 읽고 난 조조는 회심의 미소를 지었다.

"여봐라, 칼을 멈추어라."

조조는 감택을 죽이지 못하게 한 뒤 다시 불러 은밀히 속삭였다.

"강동으로 돌아가 황개 장군에게 알았다는 뜻을 전하시오."

채중, 채화의 글을 보자 조조는 황개의 편지를 철썩같이 믿게 되었다.

감택이 오나라로 떠나자 장간이라는 부하가 조조를 찾아와 말했다.

"아무래도 수상합니다. 제가 오나라로 들어가 동정을 살펴보고 오겠습니다. 주유와 저는 어릴 때 한 마을에 살았던 친구이니 친구를 만나러 왔다고 하면 의심하지 않을 것입니다."

장간이 자신 있게 말했다. 장간은 이번 기회에 공을 세워 조조에게 인정을 받고 싶었다.

"그게 좋겠군."

조조는 즉석에서 허락했다.

장간은 빠른 배 한 척을 꺼내 오나라 수군 진지로 길을 떠났다. 그러나 주유는 장간이 왜 자신을 찾아왔는지 이미 알고 있었다.

"이놈, 너는 어찌하여 조조의 염탐꾼 노릇을 하고 있느냐. 한 번만 더 내 눈에 띄었다가는 목이 달아날 줄 알아라!"

주유는 버럭 화를 내며 장간을 쫓아버렸다. 장간은 혼비백산하여 주유의 앞에서 물러났다. 장간은 무작정 강이 있는 곳을 향해 길을 더듬었다. 배를 타고 조조군 진영으로 돌아가기 위해서였다.

때는 칠흑같이 어두운 밤이었다. 급히 서두른 탓에 장간은 중간에서 길을 잃고 말았다.

그때 멀리 불빛이 새어 나오고 있는 작은 암자가 장간의 눈에 띄었다.

"저기 가서 길을 물어보자."

장간은 죽을힘을 다해 암자가 있는 곳으로 걸음을 재촉했다. 암자에 다다르자 낭랑하게 글 읽는 소리가 들렸다.

가만히 바라보니 한 선비가 등불 앞에 앉아 혼자 병법 책을 읽고 있었다.

"누구시오?"

선비가 장간을 발견하고 물었다.

"길을 잃었습니다. 하룻밤만 쉬어가게 해주십시오."

"누추하지만 들어오시오."

"선비는 누구시기에 이렇게 깊은 산중에서 혼자 책을 읽고 계시오?"

방에 들어선 장간이 선비에게 물었다.

"저는 방통이라고 합니다."

장간은 깜짝 놀랐다.

"그렇다면 봉추 선생이 아니십니까?"

장간이 믿지 못하겠다는 듯이 눈을 크게 뜨고 물었다. 방통은 키가 작고 볼품없이 생긴 사내였다.

"후후, 그렇소. 세상 사람들은 유황숙 밑에 있는 제갈공명과 저를 가리켜 와룡과 봉추라고 하지요."

"선생처럼 이름 높은 분이 어찌하여 이런 산골에 숨어 계십니까?"

방통이 한숨을 내쉬며 말했다.

"큰 뜻을 품고 주유를 찾아왔으나 주유는 자기 재주만 믿고 사람을 받아들이지 않습니다. 때문에 갈 곳을 잃고 이곳에 머무는 중입니다."

장간은 뛸 듯이 기뻐했다. 방통은 공명에 버금가는 인물이었다. 방통을 조조에게 데려가면 상을 받을 게 뻔했다.

"사실대로 말씀드리리다. 나는 조 승상을 모시는 사람이오.

나와 함께 승상을 만나 뵙고 큰 뜻을 펼치시오. 조 승상은 주유와 달라 인재를 알아보는 능력이 있소이다."

방통은 몇 번 사양하는 척하다가 장간을 따라나섰다.

"기왕 갈 거면 서두릅시다."

두 사람은 그 길로 산을 내려와 조조군 진영으로 길을 떠났다. 하지만 방통이 장간을 만난 것은 사전에 철저히 계획된 일이었다.

주유가 방통이 머물고 있는 암자로 찾아온 것은 이틀 전이었다. 방통이 형주로 밀어닥친 조조군을 피해 이곳저곳 유랑하다가 오나라에 이르렀다는 소문을 듣고 부랴부랴 달려온 것이었다.

"선생은 공명에 버금가는 인재라 들었습니다. 가르침을 주십시오."

주유가 절을 올리고 방통에게 물었다.

"그대와 공명은 불을 써서 조조군을 공격할 계획을 세우고 있구려."

주유를 보자 방통이 대뜸 물었다. 주유는 깜짝 놀랐다.

"그것을 어떻게 아셨습니까?"

"병법에 조금만 밝은 사람이라면 누구나 그 생각을 했을 것이오. 하지만 화공에도 문제가 있소. 강이 넓기 때문에 배 한 척에 불이 붙어도 별다른 효과를 얻을 수 없는 것이오."

"그렇다면 어떻게 해야 합니까?"

"배를 서로 엮어 하나의 거대한 선단을 만들어야 하오. 그렇게 되면 삽시간에 불이 조조군 전체를 태울 것이오."

"참으로 놀라운 계책입니다."

"한 가지 명심할 것이 있소이다. 그렇게 하기 위해서는 누군가 조조군에 거짓으로 항복하는 연환계를 써야 한다는 사실이오."

주유가 무릎을 꿇고 청했다.

"부디, 멸망의 기로에 서 있는 오나라를 구해주십시오."

방통이 껄껄 웃고 대답했다.

"좋소이다. 그 전에 한 가지 알려드릴 일이 있소. 이틀 후에 조조가 염탐꾼을 보낼 것이오. 이유를 묻지 말고 그자를 쫓아 보내시오. 나는 그자를 따라 조조에게 건너가겠소."

방통은 이틀 후에 일어날 일까지 정확히 알고 있었다.

장간과 방통은 다음날 아침 무사히 조조군 진지에 도착했다. 장간이 방통을 데려왔다는 소식을 듣자 조조는 맨발로 뛰어나왔다.

"오, 천하의 방통이 내게 오다니. 이게 꿈인가, 생시인가……."

조조는 잔치를 열어 방통을 환영했다. 조조는 방통을 옆에 두고 밤새도록 술잔을 기울였다. 과연 방통은 모르는 것이 없었다. 조조가 묻는 것은 무엇이든 그 자리에서 막힘없이 답을 내놓았다.

다음날 조조는 방통을 데리고 갑판 위로 올라갔다.

"저기를 내려다보시오."

조조는 병선 수천 척이 모여 있는 강가를 가리켰다. 실로 어마어마한 규모였다.

큰 배와 작은 배들이 질서정연하게 강을 따라 정박해 있었다. 강변에는 식량과 말, 무기들이 산더미처럼 쌓여 있었고 수시로 많은 군사들이 들고났다.

"오나라 군사는 물 위의 싸움에 능한 군사들이오. 그러나 우리 군사는 수전이 처음인 군사들이 대부분이오. 배멀미하는 군사가 많아 선불리 공격을 하지 못하고 첫 싸움에서도 크게 패하고 말았소. 부디 좋은 계교를 알려주시오."

생각에 잠겼던 방통이 대답했다.

"강이 넓어 바람이 불면 배가 심하게 흔들립니다. 배가 흔들리지 않게 하기 위해서는 각 병선들을 30척, 혹은 50척 단위로 묶어야 합니다. 그렇게 되면 배가 흔들리지 않아 오군이 공격해와도 육지처럼 자유롭게 싸울 수 있을 것입니다."

그러자 조조가 고개를 흔들며 물었다.

"그랬다가 적이 불로 공격하면 낭패를 당할 게 아니오?"

방통이 입가에 빙그레 미소를 지었다.

"승상은 어찌하여 그런 걱정을 하십니까? 우리는 지금 서북쪽에 있으며 적군은 남쪽에 있습니다. 지금은 한겨울이라 동풍과 남풍이 불지 않는 계절이지요. 그들이 화공을 펼친다면 자기들이 불길을 뒤집어쓸 것입니다."

"오……."

조조의 눈이 기쁨으로 빛났다.

"과연 그대는 하늘이 내린 사람이오. 어찌하여 지금껏 아무도 그 생각을 하지 못했는지 모르겠소."

조조는 군사들을 시켜 배와 배를 쇠사슬로 묶게 했다. 방통의 말은 한 치의 오차도 없이 들어맞았다.

배를 쇠사슬로 연결하자 멀미를 하는 군사들이 자취를 감추었다. 겁을 집어먹고 방어만 하던 조조군의 사기는 하늘을 찔렀다.

"공격하라!"

"오나라를 무찌르자!"

조조군은 함성을 지르며 조금씩 강을 따라 내려왔다.

이런 소식은 염탐 나갔던 군사들에 의해 주유에게 보고되었다. 오나라 수군 진영에는 일순 긴장감이 감돌았다. 주유는 사람을 보내 공명을 청했다.

"방통의 연환계가 드디어 먹혀든 모양이오. 하지만 누구도 예상하지 못한 문제가 생겼소이다."

공명이 거침없이 대답했다.

"동남풍이 불지 않기 때문 아니오?"

"정확히 보셨소. 우리는 남쪽에 있으며 적군은 서북쪽에 있소이다. 적에게 화공을 펼치기 위해서는 동남풍이 불어야 하는데 지금은 한겨울이라 바람이 반대로 불고 있지 않습니까?"

"그 일이라면 너무 걱정할 것 없습니다."

"무슨 방법이라도 있는 거요?"

주유의 두 눈이 휘둥그레졌다.

"천지신명께 정성껏 기도를 올리면 능히 바람을 부르고 비를 내리게 할 수 있습니다. 지금 당장 진지 뒷산에 칠성단을 쌓게 하십시오. 3일째 되는 날 동남풍을 불게 할 테니 그때 일시에 조조군을 공격하십시오."

"좋소이다. 무슨 일이 있어도 바람의 방향을 바꾸어주시오."

주유의 명에 따라 칠성단이 만들어졌다. 공명은 몸을 깨끗이 씻고 칠성단에 엎드려 천지신명께 기도를 드리기 시작했다. 바람 한 점 없는 하늘엔 별이 가득했다. 하루가 지나고 이틀이 지났다. 여전히 바람은 불지 않았다.

조조의 대군은 이미 적벽 부근까지 내려와 있었다. 주유도 모든 수군을 이끌고 적벽 부근으로 강을 거슬러 올라갔다. 오군의 선봉은 황개가 이끌고 있는 20척의 돌격 부대였다. 20척의 배 위에는 기름과 화약이 가득 실려 있었다. 황개는 감택, 감녕 등과 더불어 항복하러 가겠다는 거짓 밀서를 조조에게 보내고 빠른 속력으로 배를 저어갔다.

마침내 양쪽 군대는 적벽 해안에서 정면으로 마주쳤다. 양쪽 군사를 합쳐 백만에 가까운 군사였다. 병선 수만도 1만 척에 달하는 어마어마한 규모의 충돌이었다.

그러나 오나라 수군은 공격을 망설이며 머뭇거렸다. 동남풍이 불지 않았기 때문이다.

조조군도 쉽게 공격을 하지 않았다. 서로 탐색전을 벌이는 사이 장강에 밤이 찾아왔다.

"한겨울에 동남풍을 불게 하겠다니, 말이나 되는 일인가?"

불안해진 오나라 수군들은 삼삼오오 뱃전에 모여 수군거렸다. 바로 그때였다.

"앗! 동남풍이다!"

선두에 섰던 군사가 기쁜 얼굴로 소리쳤다. 별빛이 점점 흐려지면서 구름이 빠른 속도로 이동하기 시작했다. 그러자 바람이 일며 강물이 찰랑거리기 시작했다. 틀림없는 동남풍이었다. 시간이 지나자 바람은 거세게 조조군 진영을 향해 몰아쳤다.

"공명은 사람인가, 귀신인가?"

주유는 자신도 모르게 몸을 떨었다. 하지만 모처럼 불어온 동남풍을 놓칠 수는 없는 노릇이었다.

"드디어 결전의 시간이 왔다! 공격하라!"

주유는 갑판에 올라가 북을 울리고 대장기를 흔들었다. 명령을 받은 황개가 20척의 돌격선을 이끌고 쏜살같이 조조군을 향해 달려들었다.

"오군이 공격해온다!"

조조군은 벌집을 쑤셔 놓은 듯 들끓었다.

"가만, 저건 항복하러 온 황개의 군사가 아닌가?"

조조는 갑판에 올라가 달려드는 적선을 바라보았다. 배들은 한결같이 푸른 깃발을 휘날리고 있었다. 조조는 황개의 돌격선이 가까이 다가오는 것을 지켜보았다. 황개가 항복을 하러 온 것이라고 철석같이 믿고 있었다.

"아무래도 이상합니다. 배들이 흩어집니다."

지켜보던 정욱이 다급하게 외쳤다. 항복하러 달려오던 황개의 배들이 갑자기 날개를 벌리며 조조군 진영 곳곳으로 흩어졌다.

"승상, 동남풍이 불고 있습니다!"

이번에는 순욱이 달려와 다급하게 보고했다.

"또 속았구나. 어서 적을 막아라!"

조조가 고래고래 소리를 질렀다. 그러나 이미 때가 늦었다. 빠른 속도로 다가온 20척의 돌격선은 그대로 조조군 진영을 들이받았다. 굉음이 천지를 진동하는 가운데 여기저기 불길이 치솟기 시작했다.

불길은 삽시간에 조조군 진영 전체로 번졌다. 진영은 금세 아수라장이 되었다. 천하를 통일하겠다는 조조의 야망이 한 순간에 재로 변하기 시작했다.

"아, 이게 정녕 꿈인가, 생시인가……."

조조는 넋을 잃고 불바다가 된 적벽을 내려다보았다. 묶인 배들을 태우며 불길은 강기슭까지 번졌다. 강에 쌓아 두었던

많은 식량과 무기, 군수 물자로 불이 거세게 옮겨 붙었다. 배에 타고 있던 조조군은 연기에 질식되거나 불에 타 목숨을 잃었다.

엎친 데 덮친 격으로 멀리서 지켜보던 오군이 배를 저어 조조군 진영을 유린했다. 겨우 살아난 조조군은 오군의 창칼 앞에 여지없이 목숨을 잃었다.

"조조야, 오늘 네 목을 잘라주마!"

그때 어디선가 날카로운 고함 소리가 들렸다. 하얀 수염을 휘날리며 황개가 미친 듯 조조를 향해 뛰어오고 있었다.

"황개는 창을 거두어라!"

조조가 위기에 처하자 장요가 멀리서 소리쳤다. 황개의 창이 막 조조를 찌르기 직전이었다. 장요는 재빨리 철궁을 꺼내 화살을 쏘았다. 화살은 창을 쥔 황개의 어깨에 깊숙이 박혔다.

"악!"

황개는 외마디 비명을 지르며 나뒹굴었다.

장요는 황급히 조조를 부축하여 뭍으로 올라섰다. 그러나 언덕 역시 불바다였다. 여기저기 시체가 나뒹구는 가운데 뜨거운 열풍이 휙휙 얼굴을 강타했다. 사방이 온통 적군이요 불바다였다. 위용을 자랑하던 크고 작은 배들은 모조리 불길에 휩싸여 있었다.

"아아, 내 80만 대군이 어디로 갔단 말인가……."

조조는 다리를 휘청이며 그 자리에 쓰러졌다.

"승상, 정신 차리십시오!"

장요는 조조를 말에 태우고 앞장서서 길을 열었다.

얼마쯤 달리자 장군 모개가 중상을 입은 문빙을 데리고 나타났다. 이제 조조를 따르는 부하는 도합 백 명도 되지 않았다. 그들은 불길을 헤치며 정신없이 북쪽으로 말을 몰았다.

(4권에 계속)

청소년 삼국지 3
피로 물든 적벽

초　판 1쇄 발행일 | 2004년 8월 7일
개정판 2쇄 발행일 | 2021년 1월 13일

지은이 | 나관중
엮은이 | 권정현
펴낸이 | 정은영
펴낸곳 | (주)자음과모음

출판등록 | 2001년 11월 28일 제2001-000259호
주소 | 04047 서울시 마포구 양화로6길 49
전화 | 편집부 (02)324-2347, 경영지원부 (02)325-6047
팩스 | 편집부 (02)324-2348, 경영지원부 (02)2648-1311
e-mail | jamoteen@jamobook.com

ISBN 978-89-544-3942-8 (44820)
978-89-544-3939-8 (set)